뼛속까지 내향인이지만
잘살고 있습니다 _____

뼛속까지 내향인이지만
잘살고 있습니다

전두표 지음

푸른향기
Prunbook Publishing Co.

내성적인건
유별난게아닙니다

"혈액형이 뭐예요? A형이죠?"

나와 처음 대화를 나눈 사람들은 내게 꼭 혈액형을 묻는다. 나는 목소리가 작고, 말수가 적다. 어느 누가 봐도 '내성적이구나' 알 수 있을 정도로 내 성격은 사람들 눈에 띈다. 그래서 사람들은 내가 A형일 거라고 추측한다. 하지만 난 A형이 아니다. 사람들의 질문에 A형이 아니라고 대답하면 "그럼 AB형이냐?"라고 고쳐 묻는다. 나는 다시 아니라고, "B형"이라고 대답한다. 내 대답을 듣고 사람들은 의외라는 듯이 놀란다. 분명히 A형 같은데 B형이라니, 전혀 생각도 못한 눈치다. 내 혈액형이 A형이면 어떻고, B형이면 어떠랴. 혈액형이 무엇이든 나는 내향인이다.

내향인은 어디 있어도 확실히 눈에 띈다. 다른 사람이 내 성격을 금세 파악하듯이 내향인은 딱 보면 안다. 그만큼 눈에 띄는 구석이 있으니까. 내향인은 대개 나처럼 말수가 적거나 조용하다. 아니면 사람들과 있을 때 수줍어하고, 나서서 말하기를 꺼려한다. 내향인은 그만의 특징을 하나 이상 가지고 있다. '나는 내성적인 사람이요'라는 아우라를 어떤 식으로든 주변 사람들에게 풍긴다.

내향인만의 눈에 띄는 특징 때문에 사람들은 내향인을 유별나거나 독특한 사람 취급을 한다. 하지만 내향인은 결코 유별나거나 독특한 사람이 아니다. 외향적인 성격이 지극히 평범한 성격으로 여겨지듯이 내성적인 성격도 지극히 평범한 성격으로 인식되어야 한다. 왜냐, 모든 사람이 외향적인 성격을 가지고 있지는 않으니까.

세상 모든 사람이 외향적인 성격을 타고났고, 내성적인 성격을 가진 사람은 극소수라면 다수에 의해 내향인은 독특한 사람으로 분류되어도 할 말이 없다. 하지만 세상에는 외향인만 있는 게 아니다. 외향인도 있고 내향인도 있다. 두 종류의 사람이 골고루 섞여 있고, 내향인은 둘 중 한 부류일 뿐이다. 그러니 내향인을 이상한 눈으로 바라볼 필요가 없고, 신기하게 바라보아서도 안 된다. 내향성은 외향성 만큼이나 지극히 정상적이고 평범한 성격일 뿐이다.

뒤늦게 안 사실이지만, 어릴 적에 부모님이 나를 보며 걱정하셨다 고 한다. 내성적인 성격 탓에 사회생활을 제대로 하지 못할까 봐서 말이다. 두 분의 걱정과 달리 난 지금까지 사회생활을 잘해왔고, 지 금도 잘하고 있다. 사람을 사귀는 데 문제 있던 적이 없고, 회사도 잘 다닌다. 내성적이라고 해서 사회생활을 제대로 하지 못하는 것은 아 니다. 반대로 외향적이라고 해서 사회생활을 잘하는 것도 아니다. 내 성적이어도 별 어려움 없이 사회생활을 얼마든지 잘하고, 외향적인 데도 사회생활에 어려움을 겪는다. 사회생활을 원만하게 하느냐, 원 만하게 하지 못하느냐는 성격에 전적으로 구속되지 않는다. 그저 사 람을 대하는 방식에 달려 있다. 그럼에도 사람들은 내성적인 성격을 사회생활을 하는 데 마치 결격사유처럼 여기거나 내향인을 사회 부 적응자로 취급한다. 아니면 2등 시민으로 생각한다.

나는 내향인에 대한 사람들의 오해를 풀어주고 싶다. 내향인은 그 런 사람이 아니라고, 생각하던 바와 전혀 다른 사람이라는 사실을 알 려주고 싶다. 더불어 이 책을 통해 내향인들에게 힘을 실어주고 싶 다. 사람들의 시선에 아랑곳하지 말고, 내향인의 장점을 살리며 살자고 말하고 싶다. 내향인의 장점을 살려 얼마든지 원만하게 인간관계를 맺을 수 있다는 사실을 전해주고 싶다. 인간관계에 대한 내향인의 지혜와 노하우로 얼마든지 사람들과 어우러져 살 수 있다는 용기를 북돋워 주고 싶다. 내향인이 받는 스트레스를 풀어주고 싶다.

내향인에 대한 불편한 인식을 개선하고, 우리 나름의 방식으로 충분히 잘살고 있다는 사실을 사람들에게 보여주기 위해 이 책을 3장으로 구성했다. 1장에서는 내향인이 어떤 사람인지 성향을 알려준다. 2장에서는 내향인이 자신만의 방식으로 살아가는 모습, 내향인이 가진 삶에 대한 지혜를 보여준다. 마지막 장에서는 내향인이 세상 사람들과 발맞추어 어떻게 살아가는지, 얼마나 충분히 잘살고 있는지를 드러내고 있다.

똑같은 사람은 세상에 없다. 사람은 모두 다르다. 외향인과 내향인만 다른 게 아니다. 외향인끼리도 다르고, 내향인끼리도 다르다. 다르다고 해서 틀린 건 아니다. 상식 파괴자가 아닌 이상 틀린 사람은 없다. 그렇기에 우리는 서로를 잘못되었다고 평가하면 안 된다. 다만 서로의 방식을 존중해 줄 필요가 있다. 그것이 사람을 대하는 바른 자세다. 그럼 이제부터 내향인이 어떻게 살아가고 있는지, 내향인을 어떻게 대해야 하는지 함께 살펴보기로 하자.

1장 뼛속까지 내향인입니다

2장　　내향인으로 살아가는 지혜

내향인 탐구 2.   내향인도 유형이 있다

3장   내성적이지만 충분히 잘살고 있습니다

1장
뼛속까지 내향인입니다

내향인과
외향인의 차이

"저질 체력"

연애할 때 아내에게 자주 듣던 말이다. 아내는 내게 종종 물었다.

"자기는 체력이 왜 그리 약해?"

겉은 튼실해 보이는데 속은 부실하다고 놀렸다. 아닌 게 아니라, 아내와 연애할 때 쇼핑몰에 가서 쇼핑을 하면 나는 한 시간도 채 되지 않아 녹다운됐다. 한 시간이 넘어가면 작동 불능 상태가 되어 무조건 앉아서 쉬어야 했다. 쉬지 않고 계속 쇼핑을 했다가는 초주검이 되었다. 그러니 나를 놀릴 수밖에.

대부분의 남자들은 쇼핑을 즐기지 않는다. 정확히 말하면 쇼핑을 즐기지 않는다기보다 목적 없는 쇼핑을 하지 않는다. 혼자 쇼핑을 즐기는 남자도 있지만, 남자들은 목표 지향적이라 여기저기 둘러보는 윈도 쇼핑은 웬만해선 하지 않는다. 남자에게 그건 시간 낭비다. 곧장 목표 매장에 가서 목표물을 타격한다. 그러니 목적 없는 윈도 쇼핑은 재미도 없고, 지칠 수밖에.

남자가 쇼핑을 즐기지 않아도 나는 확실히 유별나긴 하다. 지쳐도 너무 빨리 지치니까. 그래서 아내의 놀림이 억울하지는 않다. 사실이니까. 아내의 농담에 딱히 할 말이 없어서 나는 핑계를 댔다. 몸에 근육이 많아 그런 거라고 말이다. 근육량이 많아서 신진대사가 활발하기 때문에 금세 지치는 거라고 말이다. 농담 삼아 한 말이지만, 궁금하긴 했다. 정말 근육량이 많아서 그런 건지. 아니면 내가 유별난 건지.

십수 년간 홈트를 해오던 터라 농담이 아니라 사실일 수 있겠구나 싶었다. 너무 궁금한 나머지 결혼을 하고 나서 인바디 체크를 해보았다. 내 예상이 맞는다면 아내에게 하던 농담은 농담이 아니라 사실이 될 테니까. 그럼 나의 저질 체력에 면죄부를 줄 수 있겠지.

인바디 결과는? 예측한 대로였다. 당시 몸무게는 70.3kg, 체지방 3.8%, 근육량 63.4%였다. 근육량으로 골격근량을 계산하면 36.1이다. 내 키와 몸무게로 평균 골격근량을 계산하면 32.4이다. 내 골격근량은 평균 골격근량을 웃돌았다. 신체 나이는 실제 나이보다 무려

6살이나 적었다. 골격근량은 평균보다 많으니 신경 쓰지 않아도 되고, 체지방은 너무 적어서 늘려야 할 상황이었다. 이 데이터를 아내에게 보여주며 나는 체력이 약한 게 아니라 지방이 적어서 태울 에너지가 부족하고, 근육량이 많아서 에너지 소모가 크기 때문에 빨리 지칠 수밖에 없는 거라고 당당하게 말했다.

내 저질 체력의 원인은 체형 탓인 게 객관적으로 판명 났지만, 그걸로는 부족하게 느껴졌다. 나중에야 감을 잡았지만, 체형 말고도 다른 원인이 있었다. 바로 내성적인 성격 탓이었다.

내향인은 외부 영향을 쉽게 받는다. 외부 환경에 의해 쉽게 피로를 느낀다. 가령 사람을 만나면 금세 지친다. 편한 사람을 만나면 피로감이 덜하지만, 친하지 않거나 불편한 사람을 만나면 단 몇 분만 대화를 나눠도 눈이 퀭해지고, 다크서클이 광대뼈까지 내려온다. 사람 만나는 걸 싫어하지는 않지만 사람에게 에너지를 빼앗기기 때문에, 꼭 필요한 만남이 아니면 잘 만나지 않는다. 내향인은 저질 체력일 수밖에 없다. 내향인이 독특한 걸까?

심리학자 융은 내향성과 외향성을 이렇게 정의했다. '내향성은 에너지가 내부로 향하는 심리기제이고, 외향성은 에너지가 외부로 향하는 심리기제'라고 말이다. 즉 내향인은 에너지를 자신 안에서 얻는다. 사람에게 에너지를 빼앗긴다. 외향인은 에너지를 외부에서 얻는다. 사람으로부터 에너지를 얻는다. 쉽게 말해서 누군가를 만날 때 힘이 빠지고 지치면 내향인이고, 생기와 활력이 생기면 외향인이다.

내향인은 타인의 호감을 얻는 데 관심이 없다. 타인에게 영향을 받지 않는다. 그리고 자기 내면세계에만 집중한다. 어떤 일을 결정할 때 외부 의견에 휘둘리기보다 자기 판단과 결정에 따른다. 또한 다른 사람과 상호작용을 하는 데 많은 시간을 들이지 않는다. 주로 혼자 있는 시간을 선호하지만, 가까운 사람과 친밀한 시간을 보내는 데에는 시간을 할애한다.

반면 외향인은 타인과 상호작용을 하는 걸 좋아한다. 사교성이 탁월하고, 사람들 사이에서 자신을 드러내기를 꺼리지 않는다. 또한 어떤 일을 결정할 때 스스로 판단하고 결정하기보다, 눈에 보이는 결과와 다른 사람의 평가를 고려하여 결정한다.

사람들은 외향성과 내향성을 비교하여, 내향성을 열등하다고 생각하곤 한다. 때론 수줍어하고 소극적이기도 한 내향인의 모습을 사회성이 부족하거나 어딘가 모자라서 그런 거라고 단정 짓는다.

그렇지 않다. 내향인과 외향인, 각각이 내보이는 행동과 모습은 기질에 따른 고유 성향일 뿐이다. 한쪽은 우월하고 다른 쪽은 열등하다고 평가할 수 있는 사항이 아니다. 둘의 서로 다른 모습은 비교하여 손가락질할 게 아니라, 그저 존중해 주어야 할 고유 특성일 따름이다.

나는 사람이 많은 장소에 가는 걸 꺼린다. 대인기피증이나 공황장애가 있냐고? 그건 아니다. 비록 내성적이긴 하지만 다른 문제는 없다. 그저 피곤하기 때문이다. 나는 수많은 사람이 내 눈앞에서 왔다 갔다 하는 모습을 보기만 해도 피로를 느낀다. 사람들과 부딪히지도 않았고, 대화를 나누지 않았는데도 진이 빠진다. 그래서 아내와 윈도 쇼핑을 할 때 한 시간 만에 체력이 바닥난 것이다. 사람을 상대하지 않고 그저 눈으로 바라보기만 해도 에너지를 빼앗기는 스타일이라, 빨리 지칠 수밖에 없었다.

아내는 자기도 내성적이라고 말한다. 하지만 내가 보기에는 그렇지 않은 것 같다. 아내는 굉장히 활달하고, 사람들 만나는 걸 좋아한다. 사람들을 만나면 무척 활력이 돋는다. 사람들과 대화를 나누면 얼굴이 환해지고, 급류에서 물 밖으로 뛰어오르는 힘찬 연어처럼 생기 넘쳐 보인다. 하지만 물리적인 제약으로 사람들을 매일 만날 수는 없다. 그래서 아내는 사람들과 계속 상호작용을 하기 위해 이 사람 저 사람, 매일 누군가에게 전화하고, 카카오톡 메시지를 주고받는다. 정말 대단하다. 그런데도 내성적이라니 도무지 믿을 수 없다. 어느 누가 나를 봐도 내향인이라고 확신할 수 있을 만큼, 아내는 누가 보든 외향인이라고 생각할 수밖에 없으니 말이다.

keypoint

내향인과 외향인을 가르는 차이는 에너지의 방향이다. 에너지가 자신 안으로 향하면 내향인이고, 자기 밖으로 향하면 외향인이다. 내향인은 에너지를 늘 축적하고 있어야 하기 때문에 사람을 만나면 피곤하다. 사람을 만나면 에너지를 빼앗겨서 사람 만나길 꺼려한다. 반면 외향인은 에너지를 뿜어내야 하기 때문에 사람 만나는 걸 좋아한다. 사람에게서 에너지를 얻기 때문에 혼자 있는 걸 견디지 못한다.

내향인에 대한
흔한 오해

'차가운 사람'

'은둔형 외톨이'

'열정이 부족한 사람'

'말수가 부족한 사람'

'수줍음 많은 사람'

'리더십이 부족한 사람'

'놀 줄 모르는 사람'

당신은 이 7가지를 누구의 성향이라고 생각하는가? 내향인과 외향인 중에서 말이다. 서슴없이 '내향인'이라고 생각하지 않았는가? 추호도 의심 없이 말이다. 그게 왜 당연하다고 생각했는가? 그 이유를 설명할 수 있는가? "당연하니까 당연하지"라는 답 말고 말이다.

도대체 내향인을 뭘로 알고. 내향인에 대한 이런 시선들은 심각한 오해다. 내향인을 이상한 사람 취급하는 거다. 내향인은 정말 '차가운 사람', '은둔형 외톨이', '열정이 부족한 사람', '말수가 부족한 사람', '수줍음 많은 사람', '리더십 부족', '즐길 줄 모르는 사람'일까? 아니다. 그건 명백한 오해이다. 내향인만 그런 게 아니니까. 외향인 중에도 차가운 사람이 있고, 은둔자가 있다. 열정이 부족하고, 다른 사람을 피하며 수줍음이 많은 외향인도 있다. 외향인이라고 리더십이 있고, 놀 줄 아는 건 아니다. 내향인 중에 그런 사람이 많은 건 사실이지만, 모든 내향인이 그런 건 아니다. 외향인 중에 그런 사람이 적을 수도 있지만, 모든 외향인이 그렇지 않다고 생각하는 건 심각한 착각이다. 그렇다면 도대체 왜 내향인들은 그런 사람이라는 오해, 아니 오명을 뒤집어쓴 걸까?

신조어 중에 '인싸', '아싸'라는 말이 있다. '인싸'는 '인사이더를 뜻한다. 간단히 말해서 사람들과 잘 어울려 지내는 사람을 뜻한다. '아싸'는 '아웃사이더'라는 말로, '무리에 어울리지 않고 혼자 지내는 사람'이라는 뜻이다. 우리나라 사람들은 활발한 성격을 관계의 미덕으로 생각한다. 사람들과 어울리지 못하는 걸 모자란 성향으로 규정한다. 외향인은 무조건 '인싸'이고, 내향인은 볼 것 없이 '아싸'라고 생각한다. 성향을 구분하는 '외향'과 '내향'이라는 단어 때문에 말이다. 단어만으로 모든 걸 판단하니 내향인은 성격이 활발하지 못하고, 무리에 잘 어울리지 못할 거라고 규정한다. 내향성에 가까운 성향은 내향인만 가지고 있고, 그 반대 성향은 외향인만 가지고 있다고 생각한다. '차가운 사람', '은둔형 외톨이', '열정이 부족한 사람', '말수가 부족한 사람', '수줍음 많은 사람', '리더십 부족', '놀 줄 모르는 사람'은 아싸의 모습이고, 아싸는 내향인, 내향인은 아싸라고 생각의 고리를 자연스럽게 연결한다.

전 야후(Yahoo) CEO, 마리사 메이어(Marissa Ann Mayer)
전 미국 대통령, 버락 오바마(Barack Obama)
마이크로 소프트 공동 창업자, 빌 게이츠(Bill Gates)
『해리포터』시리즈 작가, 조앤 K. 롤링(Joan K. Rowling)

이들을 언급한 이유는 말하지 않아도 알 것이다. 이들은 대표적인 내향인들이다. 당신은 이들도 '차가운 사람', '은둔형 외톨이', '열정이 부족한 사람', '말수가 부족한 사람', '수줍음 많은 사람', '리더십 부족', '즐길 줄 모르는 사람'이라고 생각하는가? 전혀 그렇지 않을 것이다. 오히려 7가지 문항과 정반대로 생각할 것이다.

사람들이 생각하는 바와는 달리 내향인은 '차가운 사람', '은둔형 외톨이', '열정이 부족한 사람', '말수가 부족한 사람', '수줍음 많은 사람', '리더십 부족', '즐길 줄 모르는 사람'이 아니다. 내향인은 차가운 게 아니라 그저 과묵할 뿐이다. 말이 적을 뿐이지, 무례하거나 냉담하지 않다. 사람을 기피하는 은둔형 외톨이가 아니라, 단지 혼자 있는 게 편할 뿐이다. 혼자 있는 시간을 필요로 할 뿐이다. 내향인은 감정을 직접 말로 표현하지 않는다. 외향인처럼 감격하거나 탄식하거나 깔깔 웃지 않는다. 리액션에 능하지 않다. 외향인처럼 감정을 행동으로 드러내지 않을 뿐 속으로 혼자 반응한다. 행동하기보다 글을 쓰고, 그림을 그리고, 음악을 듣는 등 사람들에게 티 나지 않는 방식으로 열정을 드러낸다. 내향인은 말수가 부족한 게 아니라, 말을 아낀다. 필요하지 않은 말은 하지 않을 뿐이다. 꼭 필요한 말만 한다. 강력한 지도력을 발휘하지 않을 뿐, 탁월한 소통 능력으로 사람들을 이끈다. 내향인도 충분히 웃고 즐길 줄 안다. 왁자지껄 떠들지 않을 뿐이다.

외향인들이여, 내향인에 대한 오해는 이제 던져 버리길. 그건 순전히 오해일 뿐이니까. 아니 그건 오해를 넘어선 편견이다. 사람을 흑백논리로 바라보지 말길. 사람은 매우 복잡하고 다채로운 존재니까. 내향인들이여, 자신감을 가지길. 여러분은 그런 존재가 아니니까. 사람들이 생각하는 건 오해라는 걸 당신도 잘 알 테니까. 우린 우리대로 살면 된다. 사람들의 시선은 착각이고, 편견일 뿐이니까.

keypoint

　사람들은 내향인을 '차가운 사람', '은둔형 외톨이', '열정이 부족한 사람', '말수가 부족한 사람', '수줍음 많은 사람', '리더십이 부족한 사람', '놀 줄 모르는 사람'이라고 오해한다. 내향인에 대한 사람들의 인식은 오해일 뿐이다. 아니 내향인에 대해 잘 알지 못해서 갖게 된 편견이다. 내향인의 속은 따뜻하고, 일부러 사람들을 덜 만나고, 말도 잘하고, 자기만의 리더십과 노는 법이 있다. 외향인의 모습과 다르기 때문에 오해하는 것이다.

뼛속까지 내향인이지만 잘살고 있습니다

소심한 것과
내성적인 것은 다릅니다

운전을 하다 보면 이따금 위험하거나 답답하게 운전하는 운전자를 만난다. 그런 운전자를 만나면 나는 혼자 소리친다.

"아니 왜 저렇게 운전을 해? 저렇게 운전하면 안 되지! 왜 다른 차들한테 피해를 줘!"

쉴 새 없이 떠드는 내 모습을 옆에서 잠자코 보던 아내가 한마디 한다.

"아, 운전하면서 왜 이렇게 말이 많아. 직접 말하지도 못할 거면서. 그렇게 답답하면 가서 뭐라고 하든가."

아내 말에 이렇게 대답한다.

"그래도 저렇게 운전하면 안 되지!"

맞는 말이니 딱히 할 말이 없어서 말을 돌린다. 그러곤 그 차 옆으로 지나가면서 혼자 화난 눈으로 그 차를 쳐다본다.

비단 운전하면서 뿐만 아니다. 식당이나 대중교통, 길거리 등 어디서든 내 모습은 똑같다. 민폐를 끼치는 사람을 보면 혼자 속으로 '왜 저래' 말할 뿐, 가서 말하지는 않는다. 나만 그런 건 아닐 테지만, 사람들은 이런 모습을 '소심'하다고 표현한다.

'소심'한 것과 '내성적'인 것을 같다고 생각하는 사람들이 있다. 소심한 사람은 내성적이라고, 내성적인 사람은 소심하다고 생각한다. 정말 그럴까? 아니, 그 둘은 전혀 다르다.

'소심하다'라는 단어는 사전적으로 '대담하지 못하고 조심성이 지나치게 많다'라는 뜻이다. '내성적'이라는 단어는 '겉으로 드러내지 아니하고 마음속으로만 생각하는 것'이라는 뜻이다. 단어 뜻 자체가 같지 않다. 완전히 다른 의미를 가진 단어이다.

소심의 반대말은 대범이다. 내성적이라는 단어의 반대말은 외향적이다. 내성적이고 소심한 사람이 있고, 내성적이고 대범한 사람이 있다. 외향적이고 소심한 사람이 있고, 외향적이고 대범한 사람이 있다. 소심한 것과 내성적인 건 동의어가 아니다. 그런데 왜 그런 잘못된 생각이 자리 잡았는지 모르겠다. 외향적인 사람은 에너지를 발산하는 특성상 겉모습이 대범한 듯 보이고, 내성적인 사람은 에너지를 자신 안에 보관하고 있기 때문에 겉모습이 조용해서 그런 게 아닌가 싶다.

내향인은 '내성적'이라는 단어 뜻 그대로 자신의 생각이나 마음을 겉으로 잘 드러내지 않는다. 상황에 따라 다르긴 하지만, 자신의 생각과 마음을 밖으로 드러내지 않고 자기 속에 가만히 두는 경우가 많다. 그게 낫다고 판단하기 때문이다. 속마음이나 생각을 겉으로 잘 드러내지 않고, 말수가 적다 보니 사람들은 그 모습을 '소심하다'고 느낀다. '대범하지 못하고 조심성이 지나치게 많다'라는 '소심하다'의 뜻을 생각하면 그 모습이 "소심한 게 아니냐"라고 누군가 물을지 모르겠다. 아니 다르다.

내향인은 조심성이 지나치게 많은 게 아니라, 단지 '생각이 많을 뿐'이다. 물론 조심성이 많을 때도 있다. 하지만 조심성이 많은 것과 생각이 많은 건 결이 다르다. 내향인은 생각이 많기 때문에 그 생각의 결과, 자신의 행동을 제한한다. 조심성이 지나치게 많은 게 아니라, '생각이 지나치게 많아서' 자신의 행동을 '제어'한다. 내향인의 행동과 모습은 '생각과 판단'의 결과이지, '조심성'의 결과가 아니다.

위에서 말했듯이 외향인 중에도 소심한 사람이 있다. 소심하지만, 소심한 걸 감추기 위해 일부러 대범한 척하는 외향인도 있다. 소심한 걸 창피하게 생각하니까. 왜 그런지 모르겠지만, 사람들은 소심한 걸 부정적으로 생각한다. 소심한 사람을 낮게 여기거나 깔본다. 어딘가 모자란 사람인 듯 바라본다. 그래서일까? 사람들은 '조용한 사람'은 '내성적인 사람', '내성적인 사람'은 '소심한 사람'이라는 프레임을 머릿속에 장착하고 있다. 사람들은 내향인을 소심한 사람이라고 규정하고, 반쯤 모자란 사람 취급을 한다.

반대로 생각해 보자. 외향인은 대범하고, 대범한 건 옳거나 무조건 좋은 모습이라고 규정할 수 있을까? 아니, 오히려 조심성이 없다고 낙인찍을 수 있다. 실수가 많고, 좌우를 살피지 않아 문제를 자꾸만 일으키는 성향이라고 규정할 수도 있다. 자기만 생각하고, 다른 사람에게 폐를 끼치는 성향이라고 말할 수도 있다. 왜 내향인은 소심하고, 소심하기 때문에 모자란 사람 취급을 받아야 할까? 고정관념이라는 건 참 무섭다.

keypoint

소심한 것과 내성적인 건 다르다. 소심한 건 '대범하지 못하고 조심성이 지나치게 많은 것'이다. 내성적인 건 '겉으로 드러내지 아니하고 마음속으로만 생각하는 것'이다. 둘은 아예 다르다. 내향인 중에는 소심한 사람이 있고, 대범한 사람도 있다. 지나치게 내성적인 사람이 있고, 덜 내성적인 사람도 있다. 외향인 중에도 소심한 사람이 있고 대범한 사람도 있으며 내성적인 사람이 있다. 내향인이라고 해서 무조건 소심하고 내성적인 건 아니다.

내가 왜 더 많이 말해야 하는지 모르겠습니다

"더 먹어."

"할 말 있으면 해."

나를 몹시 피곤하게 만드는 두 문장이다. 다른 말에는 그리 스트레스를 받지 않는데, 이 두 말에는 스트레스를 많이 받는다. 상대가 나를 생각해서 하는 말이라는 걸 잘 안다. 하지만 배려도 정도껏 해야지. 도가 지나치면 오지랖이 되고, 오지랖이 계속되면 강요가 되며, 강요가 계속되면 강제가 된다.

"배불러", "할 말 없어"라고 대답했으면 그렇구나 하고 끝내야지,

생각해 준답시고 이렇게 말을 이으면 심히 곤란하다.

"그러지 말고 조금만 더 먹어."

"나중에 후회하지 말고 할 말 있으면 해."

끈질기게 물고 늘어지면, 나는 이 상황을 끝내기 위해 맞받아칠 수밖에 없다.

"배불러서 안 먹겠다는데 왜 자꾸 먹으라고 그래!"

"할 말 없다니까! 할 말 있으면 너나 해!"

물론 속으로만 말이다. 나는 큰 목소리를 내기 싫어하는 내향인이니까. 큰 목소리를 내면 싸움에서 진 것 같고, 교양 없어 보이는 것같아서 속으로는 부글거리지만, 아름답게 마무리하기 위해 최선을다한다.

사실 이런 일을 한두 번 겪은 게 아니다. 종종 겪는다. 종종 겪는다면 내게 문제가 있는 건 아닌지 돌아봐야 하는 게 아닌가 싶기도 하다. 하지만 배불러서 숟가락을 내려놓는 것이고, 할 말이 없어서 침묵하는 것이니 딱히 내게 문제가 있다는 생각이 들지 않는다.

내 이유가 너무 궁색한가? 별로 타당하지 않은가? 누구나 납득할만한 이유라고 생각하는데 사람들은 왜 자꾸 내게 더 먹으라고 강요하고, 할 말 있으면 하라고 종용하는 건지 모르겠다. 말이 나와서 말인데, 전에 다니던 직장에서 "할 말 있으면 해"라는 말을 정말 많이들었다. 치가 떨릴 만큼.

'말 많은 사람', 이른바 투 머치 토커(Too Much Talker)는 내향인의

적이다. 내향인의 정신을 쏙 빼놓으니까. 내향인의 정신을 피곤하게 만드니까. 그렇다고 투 머치 토커가 무조건 적은 아니다. 아무리 말이 많은 사람이라도 친하면 적대시하지 않는다. 친한 투 머치 토커가 쏟아내는 말은 듣기 좋다. 친하지 않은 투 머치 토커가 문제다. 더욱이 그가 직장 상사라면 노답이다. 직장 상사인데다 내향인에게 말하기를 강요하기까지 하면 핵폭탄이나 다름없다. 그림자만 봐도 피해야 한다. 이미 말을 섞었다면, 어떻게든 그에게서 벗어나야 한다. 벗어나지 않으면 심한 내상을 입는다. 정신적 타격을 받게 된다. 하필전에 다니던 회사 팀장이 바로 그런 사람이었다.

그는 박찬호 저리 가라 할 정도의 투 머치 토커였다. 아니, 어쩌면 박찬호를 능가할지도 모르겠다. 많이 얼마나 많은지 그와 대화하는게 질릴 정도였다. 업무 시간에 팀장실에 들어가면 업무 얘기는 잠깐이다. 업무 얘기를 하다 말고 가십거리를 꺼낸다. 그가 가십거리를 꺼내면 각오해야 한다. 그다음부터 대화는 기본 한 시간, 많으면 두세 시간이나 이어지니까. 차라리 제대로 된 대화를 나누면 그나마 낫다. 혼자 쏟아내는 데도 세 시간이나 잡아먹으니 미칠 노릇이다. 도대체 일은 언제 하라고?

말이 많은 건 아무래도 상관없었다. 듣기만 하는 건 나의 주특기가 아니던가. 그가 세 시간 동안 말을 쏟아내도 괜찮았다. 다 들어줄수 있으니까. 하지만 이것만은 견디기 어려웠다. 나에게도 말하라고 강요하는 것이다.

그는 자신이 말이 많으니 다른 사람도 말을 많이 하길 원했다. 하지만 나는 말을 많이 하는 사람이 아니다. 그는 말이 많은 사람, 나는 말이 적은 사람. 전혀 다른 두 사람이 만났으니 서로 피곤했다. 그는 내게 시도 때도 없이 "할 말 있으면 하라"는 말을 했다. 일대일로 대화할 때는 그런 말을 전혀 하지 않았다. 내가 곧잘 말했으니까. 하지만 팀원들과 있는 자리에서는 내게 수시로 그 말을 했다. 나는 여러 명이 모인 자리에서는 말을 잘하지 않으니까.

어찌나 말을 하라고 강요하던지 어느 날은 내게 짜증내기까지 했다. 할 말이 있으면 하지 왜 말을 안 하고 참느냐고 따지기까지 했다. 나 참 기가 막혀서, 할 말이 없다고 말했는데도 할 말 있으면 하라니 어이가 없었다. 없다고 해도 자꾸만 말하라고 하니 찍히기 싫어서 아무 말 잔치를 했다.

내향인은 말이 많지 않다. 할 말만 하는 편이다. 여러 사람과 함께 있을 때 말이다. 내향인은 단둘이 있을 때는 곧잘 말을 한다. 하지만 여러 명이 있으면 말을 거의 하지 않는다. 몇 가지 이유 때문이다.

여러 명이 있을 때는 듣는 쪽을 택한다. 대화 내용을 분석해야 하기 때문이다. 여러 사람이 모이면 수많은 내용의 대화가 오고 간다. 내향인은 그 내용들을 분석하고, 이해하기 바쁘다. 그러니 말할 시간이 없다. 듣기도 바쁜데 언제 말을 하랴. 그리고 다른 사람들의 시선이 자신에게 쏠리는 게 부담스럽다. 내향인은 주목받는 걸 싫어한다. 한마디 하면 사람들의 시선이 전부 내게로 쏠린다. 사람들의 시선이 쏟아지면, 겉으로는 아무렇지 않은 척해도 속으로는 어찌할 바를 모른다. 다른 사람의 시선을 받기 싫어서 잠자코 있다.

또한 내향인은 할 말이 있어도 일부러 말하지 않는다. 말을 해야 할 필요성을 느끼지 못하기 때문이다. 꼭 해야 할 말이 있으면 어떻게든 말한다. 하라고 시키지 않아도 내뱉는다. 하지만 사소하다고 생각하는 말은 하지 않는다. 말 그대로 사소하니까. 내향인은 해야 할 필요가 있는 말만 하는 것을 선호한다.

내향인에게 말하라고 강요하지 말았으면 좋겠다. 하고 싶은 말이 있으면 알아서 하니까 신경 쓰지 말고 당신이 할 말만 하길 바란다. 내향인이 말하지 않는 것은 하고 싶은 말이 없어서이니 그냥 내버려 두길 바란다. 말하라고 강요하는 것은 내향인에게 폭력이나 다름없다. 당신과 같이 말을 쏟아내는 사람을 원하면 다른 사람을 찾아라. 말을 많이 하는 사람과 대화하고 싶으면 투 머치 토커만 만나라. 그가 당신을 흡족하게 해 줄 테니.

keypoint

내향인은 단둘이 만날 때는 말을 많이 하지만, 여럿이 모이면 듣기만 한다. 그래서 사람들은 내향인이 할 말도 못 하는 사람인 줄 오해하고, 억지로 말을 건다. 그럴 필요 없다. 내향인이 말이 없는 건 말을 할 줄 몰라서가 아니다. 하고 싶은 말이 없기 때문이다. 하고 싶은 말이 생기면 알아서 하니 걱정하지 않아도 된다.

내향인은 배터리를 충전해야 합니다

지인 : 혹시 오늘 저녁에 시간 돼?

나 : 미안, 오늘은 시간 안 돼. 금요일은 시간 되는데.

지인 : 금요일은 내가 안 되는데….

나 : 아, 그럼 다음에 봐야겠네….

어느 수요일 오후에 지인에게서 연락이 왔다. 그날 저녁에 볼 수 있냐는 연락이었다. 솔직히 다른 약속이 없어서 볼 수 있었지만, 시간이 안 된다고 말했다. 거짓말을 한 셈인데, 악의는 없었다. 나름 선의의 거짓말을 했을 뿐이다.

선의의 거짓말이라고 말한 이유가 있다. 나는 급한 볼일이 있지 않은 이상 평일에는 약속을 잡지 않기 때문이다. 되도록이면 주말에만 잡는다. 상대가 주말에 시간이 안 된다고 하면 가급적 금요일로 잡는다. 월요일부터 목요일은 내 개인 시간으로 둔다. 아무리 조율해도 시간이 맞지 않으면 월화수목 중에도 만나기는 하지만 가능한 한 금요일로 맞춘다. '불금'을 즐기려는 거냐고? 아니, 나에게 불금 따위는 없다. 그저 '쉬기 위해서'다.

나는 사람 만나는 걸 피곤해하는 내향인이다. 사람을 만나고 나면 진이 빠진다. 생체 배터리가 방전된다. 사람을 만나면 집에 들어가는 데 사용하기 위해 남겨 둔 배터리까지 전부 소모된다. 하루 종일 일해서 이미 지쳐 있는 상태인데, 사람을 만나서 남은 배터리마저 써버리면 집에는 겨우 들어간다. 기어들어 가지 않으면 다행이다.

물론 누굴 만나느냐가 중요하다. 소중한 사람이나 편한 사람을 만나면 배터리가 덜 소모된다. 편한 사람을 만나면 즐거워서 유체 이탈하려는 영혼을 헤어질 때까지 몸 안에 붙잡아 둘 수 있다. 하지만 편하지 않은 사람을 상대하면 붙잡을 수 없다. 시작부터 넋 나간 상태로 대화하게 된다.

이러니 평일에 누굴 만나지 않는다. 금요일도 평일인데 뭐가 다르냐고? 전혀 다르다. 다른 요일에는 사람을 만나서 지쳐버린 몸을 이끌고 집에 들어가 잠을 자면, 다음 날 배터리가 덜 충전된 상태로 출근해야 한다. 반면 금요일에 만나고 집에 들어가 자면, 다음 날 오전 내내 잘 수 있다. 토요일이니까. 그리고 하루 종일 혼자 집에서 쉬며 배터리를 가득 충전할 수 있다.

요지는 이거다. 내향인은 배터리를 충전해야 한다. 내향인에게 사람을 만나고 안 만나고는 크게 중요하지 않다. 편한 사람을 만나든 편하지 않은 사람을 만나든, 그건 크게 중요하지 않다. 사람을 만나고 나면 반드시 충전을 해야 한다는 사실이 중요하다. 내향인은 사람에게 기가 빨리니까.

내향인은 사람을 만나고 난 후에는 반드시 배터리를 충전해야 한다. 외향인은 사람을 만나서 몸속에 있는 배터리를 충전하지만, 내향인은 혼자 있는 시간을 통해 충전한다. 외향인은 혼자 있으면 배터리가 소모되지만, 내향인은 사람을 만나면 소모된다. 그래서 외향인은 누군가를 계속 만나려고 하고, 내향인은 가능한 한 아무도 만나려고 하지 않는다.

내향인은 혼자 있는 시간을 필요로 한다. 누굴 만나고 나면 특히 그렇다. 소모된 배터리를 충전해야 하니까. 누굴 만나지 않았더라도 내향인에게 혼자만의 시간은 절대적으로 필요하다. 고독의 여유를 즐기는 건 아니다. 그저 제정신을 유지하기 위해서다.

내향인은 사람들과 함께 단체로 있으면 정신이 나간다. 얼이 빠진다. 처음부터 정신이 나가는 건 아니다. 처음에는 괜찮다. 시간이 흐를수록 정신이 혼미해진다. 10분, 20분, 사람들과 함께한 시간이 점

37

점 흐를수록 배터리가 소모된다. 시간이 흐른 만큼 가속도가 붙어서 정신이 안드로메다와 빠르게 가까워진다. 내향인은 이런 소모적이고 피곤한 일을 겪고 싶지 않아서, 정신을 온전히 지키고 싶어서 혼자 있는 시간을 그토록 원하는 것이다.

외향인 눈에는 그런 내향인이 은둔 생활을 즐기는 듯 보일 것이다. 그렇지 않다. 은둔 생활을 즐기는 게 아니라, 은둔 생활을 할 수밖에 없는 것이다. 누굴 만나면 에너지 소모가 크니까. 내향인의 속사정을 모르는 외향인이 보기에 내향인은 비사교적이고, 정신 건강에 문제가 있다는 생각이 들지 모르겠다. 잘못된 생각이다. 외향인이 오해하는 그 모습은 오히려 정신 건강을 지키기 위한 몸부림이다. 내향인도 누굴 만나는 걸 좋아하지만, 기질상 누굴 만나면 배터리가 방전되기 때문에 사람들과 거리를 둘 뿐이다. 정신 건강과 체력을 유지하는 방법이 외향인과 다를 뿐이지, 결코 이상하거나 문제가 있는 게 아니다.

나는 누굴 만나고 나면 다음 날 무조건 쉰다. 이틀, 삼일, 연이어 누굴 만나면 기가 빨려서 완전히 녹초가 된다. 설마 내게 저질 체력이라고 손가락질하는 사람은 없겠지. 쉬지 않고 수영을 해도 지치지 않는 나이다. 거짓말 같겠지만 사실이다. 몇 년 전에 휴가지에서 오전 8시부터 10시까지 수영을 하고, 10시부터 3시까지 관광지를 구경한 후에 숙소로 돌아와 7시까지 수영을 했다. 이틀 동안 말이다. 그렇게 놀았는데도 피곤하기는커녕 오히려 생생했다.

운동을 무리하게 해도 생각보다 덜 지치는데, 유독 사람만 만나고 나면 지친다. 고작 30분 만에 체력이 바닥난다. 사람에게 에너지를 빼앗기는 기질 때문이다. 그래서 누굴 만나고 나면 다음 날 쉬면서 바닥난 배터리를 충전해줘야 한다. 나는 사람을 만나고 난 후에는 배터리 충전 시간이 반드시 필요하기 때문에, 배터리를 여유 있게 충전하기 위해 약속은 금요일에 잡는다. 그리고 토요일에 혼자만의 시간을 보내며 배터리를 충전한다.

keypoint

외향인은 사람을 만나면 에너지가 샘솟지만, 내향인은 다르다. 다른 사람을 만나면 에너지를 빼앗긴다. 누군가를 만나고 나면 진이 다 빠진다. 그래서 다른 사람을 만나고 난 후에는 반드시 배터리를 충전해야 한다. 내향인은 줄어든 에너지를 충전하기 위해 혼자 있는 시간을 갖는다. 혼자 있는 시간 동안 생각을 정리하고, 몸의 활력을 되찾는다.

말을 걸어주면
대답은 잘합니다

지인 : 너는 어떻게 생각해?

나 : 어, 나는 어쩌고 저쩌고 쌀라쌀라~

나를 잘 아는 지인이라면, 모임 중에 내게 꼭 질문을 해 준다. 질문하지 않으면 모임이 마무리될 때까지 한마디도 하지 않고 조용히 있을 거라는 걸 잘 아니까. 반대로, 질문을 하면 술술 얘기할 걸 알고 있으니 일부러 틈틈이 질문을 해서 내 말문을 트여 준다.

내향인인 나는 어떤 모임에서든 말을 잘하지 않는다. 말을 아예 안

하는 건 아니고 별로 하지 않는다. 사람들의 말을 가만히 듣고만 있다. 웬만해선 먼저 말을 꺼내지 않는다. 물론 할 말은 꼭 한다. 할 말이 적고, 한 말도 적을 뿐이지. 그래서 사람들은 내가 말을 전혀 안 한 줄 착각한다. 따지고 보면 전혀 안 한 거나 마찬가지이지만, 내 입장에서는 한두 마디라도 했으니 어쨌든 말을 하긴 한 거다.

나는 스스로 말을 하지는 않지만, 말을 걸어주면 잘한다. 질문을 해 주거나 화두를 던져 주면 좔좔좔 잘도 말한다. 그래서 어떤 사람은 묻는다.

"이렇게 말을 잘하면서 왜 말을 안 해?"

나는 그저 짧게 대답한다.

"그냥."

"그냥"이라는 대답에는 많은 내용이 담겨 있다. 내 기질에 대한 설명과 기질로 인한 심리, 육체 상태 등 나에 대한 전반적인 내용이 그 한마디 안에 함축되어 있다. 하지만 나는 설명을 덧붙이지 않는다. 그저 짧게 대답하고 만다. 물었으니 내 대답을 듣기는 하겠지만, 나의 성향을 이해해주진 않을 테니 군이 구구절절 설명하지 않는다. 나에 대한 관심을 짧은 대답으로 흐트러뜨린다.

때론 일부러 동문서답을 하기도 한다. 나에게 쏠린 관심을 다른 데로 돌리기 위한 또 다른 방법이다. 실제로 엉뚱한 대답을 하면 나에게 쏠린 사람들의 관심이 즉시 다른 데로 이동한다. 대신 부작용이 생긴다. 사람들은 '무슨 대답이 그래?'라는 듯한 표정을 짓는다. 나는 말귀도 못 알아듣는 사람이 되고 만다. 아무래도 상관없다. 사람들의 관심을 끊을 수만 있다면 말이다.

내향인은 모임이나 여러 사람이 모인 자리에서 웬만해서는 말을 하지 않는다. 대화에 좀처럼 끼어들지 않는다. 몇 가지 이유 때문이다. 머릿속에서 대화 내용을 분석하느라 끼어들 틈이 없다. 분석하기도 바쁘고, 분석이 끝나서 마침내 할 말이 생기면 대화 주제는 진작 바뀌어서 떠오른 말을 폐기해야 한다.

대화에 참여하면 피곤하다. 대화에 끼어들려면 할 말을 생각해야 한다. 할 말을 생각해 내는 것만으로도 피곤하다. 두뇌를 회전시켜야 하니까. 머리를 굴리면 에너지가 소모되고 피로가 쌓인다. 이뿐만 아니다. 에너지 소모를 감수하고 할 말을 떠올렸다 치자. 할 말을 방출하려면 타이밍을 노려야 한다. 다른 사람이 말하는 도중에 끊고 내말을 하면 안 된다. 그건 매너 없는 행동이다. 사람들이 실컷 대화하다가 잠시 침묵이 감돌 때 던지면 좋은데, 이때 조금이라도 멈칫하면 다른 사람에게 말할 기회를 빼앗길 수 있다.

재빠르게 행동해서 말을 던질 기회를 잡았어도 맥락에 맞는 말을 해야 한다. 침묵이 길어지면 전혀 다른 내용의 말을 해도 되지만, 침묵이 짧다면 가능한 한 이전에 나누던 대화 내용에서 크게 벗어나지 않는 말을 해야 한다. 안 그러면 사람들이 '뭐지?'라고 생각한다. 맥락과 상관없는 말을 할 거면 왜 그 말을 했는지 부연 설명을 해야 한다.

이처럼 대화에 끼어들려고 할 때 수반되는 행동이나 고려해야 할 점들은 내향인에게 피로를 안겨준다. 그러니 대화에 참여하지 않고 잠잠할 수밖에. 외향인이 보기에 별걸 다 피곤해한다고 생각할지 모르겠지만, 어쩔 수 없다. 기질이 그러니까.

또 다른 이유가 있지만, 그건 다른 주제에서 풀겠다. 아무튼 앞서 언급한 이유 때문에 내향인은 적극적으로 말을 하지 않는다. 대신 소극적으로 말을 한다. 즉 말을 걸면 대답은 잘한다. 물론 컨디션이나 상황에 따라 대답을 잘 못하거나 피할 때도 있지만, 보통 묻는 말에는 대답을 잘한다.

내향인이 질문에 대답을 잘하는 이유는 간단하다. 대답마저 안 하면 정말 이상한 사람이 될 수도 있으니까. 대화에 적극 참여하지 않아도 사람들이 그러려니 해주곤 하지만, 묻는 말에까지 대답을 안 하면 더 이상 이해해주지 않는다는 걸 안다. 사람들의 질문은 내향인을 이해해주는 마지노선이다. 그 선을 넘어가면 정말 성격이 이상한 사람이 되어 버린다. 그러니 대답하기 싫어도 대답해야 한다. 때론 최대한 성의 있게 대답해야 하고, 또 때론 상황을 봐서 나처럼 얼렁뚱땅 넘어갈 필요도 있다.

몇 주 전에 친구들을 만났다. 친구들은 서로 왁자지껄 대화를 나눴다. 나는 연신 고개를 끄덕이며 리액션을 펼쳤다. 친구들이 웃을 때 함께 웃고, 친구들의 말에 수긍이 될 때는 고개를 끄덕였다. 내용이 좋고, 공감이 되는 말에는 나도 모르게 연신 리액션의 향연을 펼쳤다. 하지만 말은 거의 하지 않았다. 1차에서 3차까지 이어지는 8시간 동안 몇 번 말하지 않았다. 그것도 자발적으로 말한 게 아니다. 누군가 내게 질문을 해서 대답한 것이다. 단답형으로 말하면 자칫 물어본 사람을 무안하게 만들 수 있어서 길게, 세 질문에 문단형으로 대답했다. 나쁘지 않은 반응이었다고 자찬하며.

오해는 말길. 늘 그런 건 아니다. 항상 말을 안 하는 건 아니다. 편한 사람들을 만날 때는 나도 실컷 말한다. 누군가 내게 질문하지 않아도, 알아서 대화에 잘도 끼어든다. 물론 내가 생각하는 '실컷'과 사람들이 생각하는 '실컷'은 정도가 다르다. 내 기준에서 '실컷'은 적어도 사람들이 내가 벙어리라고 느끼지 않을 정도다. 사람들이 이런 생각을 안 할 정도는 된다.

'쟤는 왜 한마디도 안 해.'

'쟤는 왜 말도 안 하고, 저러고 있어.'

아무리 내향인이라도 편한 사람들 앞에서는 말을 잘한다. 편한 사람들을 만나면 '내가 말을 너무 많이 했나'라는 염려는 저 멀리 걷어차 버린다. '괜히 이 말을 했나', '내 말에 기분 나빴을까'라며 눈치 보지 않는다. 머릿속에 할 말이 떠오르는 족족 내뱉는다. 왜? 편한 사람들은 내가 어떤 말을 하든 받아 주니까. 어떤 말을 하든 이해해주니까. 편하지 않은 사람을 만나면 이것저것 신경 쓰느라 말문이 막히고 질문할 때만 말을 하지만, 편한 사람들을 만나면 내향인인 나도 수다쟁이가 된다.

keypoint

내향인은 여러 사람이 모인 자리에서 웬만하면 먼저 말을 꺼내지 않는다. 다른 사람이 말을 걸기 전까지는 말이다. 말을 하면 피곤해 서다. 말을 하려면 이것저것 신경 써야 한다. 할 말을 떠올려야 하고, 말할 타이밍을 노려야 한다. 이 모든 과정을 통해 내향인은 에너지를 많이 빼앗기기 때문에 말을 하지 않는다. 대신 말을 걸어주면 대답은 잘한다. 말을 걸어주면 땡큐다. 할 말을 떠올리기 쉽고, 끼어들 타이밍을 보지 않고 바로 말하면 되니까.

할 말이 나중에
떠오릅니다

몇 년 전에 지인들과 계곡으로 여행을 갔다. 다 같이 물놀이를 하는데, 한 명이 물속에서 앞으로 나아가지 못한 채 제자리에서 허우적거렸다. 그대로 뒀다가는 밤이 새도 뭍에 닿지 못할 것 같아서 머리를 잡아당겼다. 정확히 말하면 머리에 쓰고 있던 헬멧을 잡아 뭍으로 끌고 왔다.

"오빠들~ ○○ 오빠가 내 머리끄덩이를 잡았어. 절대 잊지 않을 거야!"

내게 머리채를 잡힌 동생이 장난치며, 다른 이들에게 볼멘소리를 냈다.

"살려 주려고 그런 거지~ 그거 말고는 잡을 데가 없었어…."

멋쩍었던 나는 말을 주거니 받거니 하지 못하고, 사실만 짧게 말했다.

"나쁜 오빠! 여자 머리끄덩이를 잡아당겼어!"

동생은 계속 장난쳤다. 대화를 마치고 나서야 머릿속에 이런 말이 떠올랐다.

"장난치려고 일부러 헬멧을 잡았지~ 나는 아무한테나 장난 안 쳐. 정말 친한 사람에게만 장난치지. 우리가 그만큼 친하다는 뜻이니 영광인 줄 알아~."

이 말이 왜 그제야 떠올랐을까 싶었다. 대화 중에 떠올랐으면 대화가 재미있었을 텐데 말이다.

항상 그런다. 대화 당시에는 떠오르지 않던 말이 꼭 대화를 마친 후에야 떠오른다. 그래서 집에 와서 혼자 아쉬워한다. 아까 이런 상황에서 이런 말을 했으면 좋았을 텐데 하고 말이다.

왜 그런지 진단을 해봤다. 좋게 말하면 대화에 너무 몰입해서다. 다른 사람의 말에 너무 집중하다 보니 적절하게 맞장구를 치지 못한다. 가벼운 말이든 진지한 말이든 몽땅 다 진지하게 받아들여서 역동적인 맞장구를 칠 새가 없다.

또 다른 이유가 있다. 몸을 너무 사려서 그렇다. 말이 많으면 말실수를 할 여지가 커진다. 말실수를 하지 않으려다 보니 말수를 줄이고, 판에 박힌 말만 하게 된다. 상대의 기분을 상하지 않게 하려다 보니 뻔한 말만 한다. 그러니 대화가 재미없게 흘러간다. 늘 뒤늦게 좋은 말이 떠오르고, 그 말을 하지 못한 걸 후회할 수밖에 없다.

모든 내향인이 그런 건 아니겠지만, 주변에 있는 나의 동족들을 보면 하나같이 말주변이 부족하다. 좋게 말하면 말하기보다 듣기를 즐겨한다. 그들이나 나나 똑같으니, 그들도 나처럼 할 말이 늦게 떠오르기 때문인 듯하다.

내향인들은 사려 깊고, 조심스럽다. 다른 사람을 먼저 배려한다. 그렇기 때문에 대화에 적극적으로 참여하지 않는다. 다른 사람이 충분히 말을 할 수 있도록 배려하고 싶으니까. 그러다 보니 자기 말은 하지 않거나 하더라도 사람들이 말을 다 하고 난 후에야 자기 말을 한다.

내향인의 주특기는 경청이다. 듣기에 집중하다 보니 할 말이 늦게 떠오른다. 말할 생각을 별로 하지 않으니 머릿속에 할 말이 떠오르지 않을 수밖에. 아무리 생각을 하지 않는다고 해도 다른 사람의 말을 듣다 보면 불현듯 하고 싶은 말이 떠오르기 마련이다. 하지만 적극적으로 생각을 해서 떠오른 말이 아니기 때문에, 말을 해야 한다는 의지가 적다. 겨우 떠오른 말이지만, 타이밍도 맞지 않으니 그냥 꿀꺽 삼키고 만다. 그렇다고 아쉬운 마음은 들지 않는다.

외향인이라면 엄청 아쉬워서 화제가 바뀌더라도 떠오른 말을 쏟아낸다. 외향인들은 할 말이 있으면 바로 내뱉어야 한다. 입에 담고 있는 걸 참지 못한다. 얼마나 할 말이 많은지, 외향인들의 대화 모습을 보면 상대의 말을 자주 자른다. 자신의 말을 참고 있기 힘드니까. 내향인은 다르다. 사려 깊은 내향인 입장에서 그건 이기적인 행동이다.

keypoint

"아! 이 말이 왜 이제야 떠올랐지?" 대화를 하다 보면 할 말이 늘 나중에 떠오른다. 내향인도 때론 외향인처럼 위트 있게 말을 하고, 떠오르는 말을 그때그때 내뱉고 싶다. 하지만 그게 쉽지 않다. 듣기 위주로 대화를 하다 보니 할 말이 나중에 떠오를 수밖에 없다. 할 말이 나중에 떠오르는 게 개선 사항이라고 생각하지는 않는다. 다른 사람을 불편하게 하는 게 아니니까. 스스로도 불편하지 않으니까. 그러니 굳이 개선할 마음은 없다.

유니태스킹의
달인입니다

　남자는 단순하다고들 말한다. 한 번에 한 가지 일에만 집중(유니태스킹, unitasking)할 수 있기 때문이다. 다르게 말해서 남자는 멀티태스킹이 되지 않는다. 예를 들어 누군가와 대화를 하고 있다면, 동시에 다른 일을 하지 못한다. 반대로 무언가를 할 때 누군가 말을 걸면 대화에 집중하지 못한다. 하던 일을 멈추어야 대화에 집중할 수 있다.

　반면 여자는 멀티태스킹이 가능하다고 말한다. 일하면서 대화하는 게 가능하다. 남자는 일하면서 대화를 하면, 일을 실수하거나 대화를 건성으로 하게 된다. 여자는 다르다. 일과 대화를 동시에 하면서 둘 다 집중력을 잃지 않는다(멀티태스킹, multitasking). 일을 실수하지도 않고, 대화도 건성으로 하지 않는다. 신기한 능력을 가지고 있다.

물론 모든 남자가 멀티태스킹이 안 되는 건 아니다. 멀티태스킹이 되는 남자도 있다. 마찬가지로 모든 여자가 멀티태스킹이 되는 건 아니다. 멀티태스킹 능력은 사람마다 차이가 있다. 그래도 일반적으로 남자는 멀티태스킹이 안 되고 여자는 멀티태스킹이 된다고 볼 수 있다.

나도 멀티태스킹이 안 된다. 두 가지 면에서 그렇다. 하나는 남자로서, 다른 하나는 내향인으로서 말이다. 앞서 남자에 대해 말했는데, 내가 딱 그렇다. 두 가지 행동을 동시에 하지 못한다. 한 번에 한 가지밖에 집중하지 못한다. 가령 일을 하고 있는데 누군가 말을 걸면, 대화에 집중을 못 하거나 일에 집중을 못 한다. 그러다가 대화가 길어지면 신경이 분산된다. 결국 이도 저도 안 된다.

또한 내향인으로서 나는 두 가지를 동시에 집중하지 못한다. 이건 남자로서 멀티태스킹이 안 되는 것과는 조금 다르다. 아니 아예 다르다고 해야 할까?

나는 사람들과 대화하면 가능한 한 듣기만 한다. 대화에 참여하면 멀티태스킹을 해야 하고, 멀티태스킹을 하면 피곤해지니까. 대화하는 데 무슨 멀티태스킹을 하냐 싶겠지만, 관심 있게 살펴보지 않고 생각해보지 않아서 그렇지, 우리는 다른 사람과 대화할 때 다양한 행위를 동시에 한다.

우리는 대화할 때 단순히 말하고 듣기만 하는 게 아니다. 상대방의 말뜻을 해석해야 하고, 내 생각을 정확히 전달하기 위해 올바른 문장을 만들어야 한다. 상대의 보디랭귀지와 표정을 판독해야 하고, 내가 말할 때 적절한 보디랭귀지를 생각해서 구사해야 한다. 상대의 말에 적절하게 반응해야 하고, 상대가 내 말을 제대로 이해하고 있는지 살펴야 한다. 이 외에도 처리하는 일이 더 있지만, 아무튼 우리는 대화하며 이 모든 일을 동시에 처리해야 한다. 즉, 멀티태스킹을 해야 한다는 뜻이다.

외향인이라면 다양한 작업을 동시에 처리할 수 있겠지만, 내향인은 그렇지 못하다. 대화가 시작되고 처음 얼마간은 순조롭게 CPU(뇌)가 가동된다. 하지만 대화 시간이 길어지면 길어질수록 버벅거린다. 머리가 뜨거워지고, 결국 과부하가 걸려 뇌가 진공 상태가 된다. 말을 한마디도 안 하고, 고개를 끄덕이며 그저 듣기만 하는 상태가 된다.

내향인은 누군가와 대화할 때 무의식적으로, 빠르게 처리해야 할 작업들을 동시에, 빠르게 처리하지 못한다. 말을 하면서 상대의 표정을 살피는, 두 가지 작업을 버겁게 처리한다. 그게 뭐 어렵다고 처리하지 못하나 싶은 사람도 있을 것이다. 내향인은 그렇게 단순히 넘어가지 않아서 그렇다.

가령 내향인은 상대의 표정을 스캔한 후에 머리를 빠르게 굴린다. 표정에 담긴 정보와 의미를 해석하고 또 해석한다.

'내 말에 기분이 나빴나?'

'어디 불편한가?'

'저건 동의한다는 표정인가?'

'아싸, 웃었다.'

'왜 인상을 쓰고 있지?'

표정을 한 번 훑고 '표정이 안 좋군'까지만 생각해도 되는데, 한 단계 아니 두세 단계 더 나아가서 생각한다. 그러니 간혹 대화에 집중하지 못한다. 이뿐만이 아니다. 대화 주제에 대해 깊고 다양하게 생각해 본다거나 이런 말을 했을 때 상대가 어떻게 생각할지 미리 가늠해보기도 한다. 무의식적으로 한 가지에만 고도로 집중하다 보니 동시에 여러 가지를 못한다.

사실 대화 중에 어느 하나에만 집중하는 건 쓸데없는 짓이다. 괜한 에너지 낭비를 하는 것이다. 회사 간에 협상 테이블에서처럼 고도의 심리전을 벌이는 게 아닌 이상 일상적인 대화를 나눌 때는 다른 작업은 하지 말고, 그저 표면적인 정보만 받아들여야 한다. 그래야 과부하가 안 걸린다. 하지만 어쩌랴. 기질이 그런걸. 내향인은 일부러 그러는 게 아니라, 무의식적으로 그렇게 된다.

내향인이 멀티태스킹을 못하는 이유는 간단하다. 앞에서 언급했듯이 한 가지에만 과도하게 집중하기 때문이다. 과도하게 집중하지 않고, 느슨하게 집중한다면 이것저것 동시에 할 수 있을 것이다. 하지만 내향인은 무언가에 집중하는 습성이 있어서, 태생적으로 멀티태스킹이 안 된다. 물론 연습하면 될지도 모르겠다. 하지만 그렇게까지 연습하는 내향인이 있을까? 특별한 상황과 그럴 만한 계기가 있지 않고서야 살던 대로 살기 마련이다. 그게 편하니까.

keypoint

내향인은 유니태스킹(한 번에 하나씩만 하는 것) 전문가다. 상대가 인상을 쓰면 왜 인상을 쓰고 있는 건지 분석한다. 상대가 내 표정이나 말 혹은 반응에 기분 나빠하는 건지 원인을 찾는다. 사람들의 대화를 듣다가 흥미로운 주제가 나오면 그 주제에 대해 혼자 깊이 생각한다. 상대방의 말에 맞장구를 치고, 대화에 적극적으로 참여하지는 못하지만, 다른 면에서 대화에 깊게 몰두한다.

나는 하필
우울질입니다

고대 그리스 의학자 히포크라테스(Hippocrates)는 4체액설(Humor Theory)을 주장했다. 그의 주장은 철학자 엠페도클레스(Empedocles) 가 처음 주장한 4원소설에 근거한다. 4원소설은 만물이 물, 불, 공기, 흙의 네 가지 원소로 이루어져 있다는 주장이다.

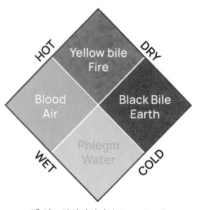

(출처 : 위키피디아, 'Humorism')

히포크라테스는 이 주장을 바탕으로 인간의 신체도 소우주라고 보고, 우주가 4원소로 이루어져 있듯이 인간의 몸도 4가지 서로 다른 체액인 '점액(물)', '황담즙(불)', '혈액(공기)', '흑담즙(흙)'이 균형을 이룰 때 신체와 정신이 건강할 수 있다고 보았다. 바꿔 말해서 서로 대칭이 되는 한 쌍의 체액이 불균형을 이루면 건강에 이상이 생기고, 네 액체의 많고 적음에 따라 사람의 기질, 성격이 달라진다고 보았다.

히포크라테스의 4액체설을 바탕으로 '히포크라테스 기질 테스트'가 만들어졌다. '히포크라테스 기질 테스트'는 개인의 기질을 '다혈질', '우울질', '담즙질', '점액질'로 나누어 사람마다 타고난 특성을 설명한다. '다혈질'은 활동적이고 쾌활하지만, 의지가 약하고 무질서하다. '우울질'은 감성이 풍부하고 예술적인 면모를 지니고 있지만, 자기중심적이며 변덕스럽다. '담즙질'은 의지와 독립심이 강하지만, 오만하다. '점액질'은 유머가 있고 명랑하지만, 게으르다.

나는 네 가지 중에 하필 우울질이다. '하필'이라고 표현한 이유가 있다. 시도 때도 없이 우울해지고, 그게 사는 데 그리 도움이 되지 않기 때문이다.

'건강한 육체에 건강한 정신이 깃든다'라는 말이 있다. 정말 그렇다. 몸이 아프면 정신도 약해진다. 나는 육체 건강이 안 좋아지면 정신 건강도 나빠진다. 몸에 피로가 쌓이면 무조건 기분이 우울해진다. 몸 상태가 안 좋아질 때뿐만이 아니다. 아무 때나 우울 모드에 빠진다. '자, 이제 우울 모드 가동~' 하며 우울해지는 게 아니다. 아무런 전조 증상 없이, 갑자기 그런다. 그래서 어릴 적에는 내 성격에 문제가 있는 줄 알았다. 크고 나서야 기질 탓이라는 걸 알고 안도했다.

기분이 우울해지면, 나도 모르게 비관적인 생각을 하게 된다.

'이 세상에 왜 태어나서 이 고생이야?'

'앞으로 얼마나 더 살며 고생해야 하지?'

'왜 나는 평생 일벌레로 살아야 하는 거야?'

이처럼 온갖 우울한 생각을 하며 삶을 비관한다.

한때 너무 자주 우울감에 젖어서 이러다 우울증에 빠지는 게 아닐까 싶기도 했다. 하지만 나는 자존심이 세다. 정신적인 문제로 병원에 가고 싶지는 않아서, 우울증 문턱까지 갈 때마다 얼른 정신을 낚

아챘다.

희한하게도 우울질은 내향인에게서 많이 나타난다. 희한할 것도 없다. 당연한 거니까. 우울질(과 점액질)은 내향적 기질이니까. 그래서 기질 테스트를 하면 내향인은 주로 우울질이나 점액질로 결과가 나오고, 외향인은 다혈질과 담즙질로 나온다.

내향인은 기질상 우울질일 수밖에 없다. 외향인처럼 에너지를 밖으로 방출하는 게 아니라, 내부에 가둬 두니까. 다시 말해서 관심을 외부 세계에 두고 생각과 행동을 외부로 향하는 게 아니라, 자기 내면에만 관심을 갖고 내부 세계에 빠져든다. 어두운 자기 안에만 갇혀 있으니 당연히 우울질이 될 수밖에 없다. 너무 우울한 진단인가? 아니다. 이건 절호의 기회다! 내부에 가둬 둔 에너지를 응축하고, 자신에 대한 관심을 덕후 기질로 바꾸면 예술가가 될 수 있다! 하지만 대부분의 내향인은 우울감을 선용하지 못하고, 그저 '나 우울해~' 하고 혼자 몸부림치는 걸로 그친다. 이건 국가적인 손해다(?). 예비 예술가들이 세계적인 예술가로 거듭나지 못하니까. 예술가로 데뷔조차 못하니까.

내향인은 참 미련하다. 세계적인 예술가가 될 수 있음에도 그저 우울증 환자가 되고 마니까. 내향인은 걸핏하면 우울감에 젖어 든다. 비 오는 날 창가에 앉은 것처럼 시도 때도 없이 감성 모드로 들어간다. 감성 모드에 혼자 빠져들면 다행이지. 때때로 음울한 기운을 주변에 마구 흩뿌린다. 세상 다 산 듯한 표정을 짓고, 세상 고민을 혼자다 짊어진 듯 괴로워하며 주변 사람들이 눈치 보게 만든다. 또한 주변 사람들의 활기찬 기운을 블랙홀처럼 빨아들이고, 어둠의 기운을 방출하여 주변 사람들까지 우울함으로 물들인다.

나는 주변 사람들에게 우울감을 퍼트리지 않으려고 노력한다. 우울해진 날 사람들 앞에서는 아무 일 없는 듯, 밝은 척한다. 보통은 혼자 방구석에 처박힌다. 사람들에게 피해를 주지 않기 위해서, 아니 솔직히 말하면 우울해지면 나가기가 싫다. 사람들의 행복한 모습을 보면 꼴 보기 싫으니까.

'저들은 저렇게 행복한데, 나는 왜 이리 불행하고 힘들까.'

괜히 사람들에게 비난의 화살을 날리고 질투하게 되니, 방구석에서 혼자 괴로워하는 쪽을 택한다. 딱히 부족하다거나 잘못된 것도 없는 내 삶에 불만을 갖는다.

이것도 그리 솔직한 말은 아니다. 좀 더 솔직히 말하면, 나가기 귀찮다. 우울하지 않을 때도 나가기 귀찮은데, 우울해진 날이면 더욱더 나가기 귀찮다. 그래서 우울한 날은 방콕하며 내 안에 있는 심연의 동굴 속으로, 더 깊이 들어간다.

유럽에는 흐린 날이 많아서 유럽 사람들은 우울증 지수가 높다는 글을 읽은 적이 있다. 그래서일까? 「Gloomy Sunday」가 유럽에서 공전의 히트를 쳤을 때, 노래 분위기와 흐린 날씨가 맞물려 자살 사건이 줄줄이 벌어졌다고 한다. 믿거나 말거나.

시도 때도 없이 우울감에 젖어 들지만, 사실 나도 우울해지고 싶지는 않다. 밝게 살고 싶다. 우울한 상태에 머무는 게 그리 달갑지 않으니까. 우울하면 기분이 불쾌하니까.

우울한 기분을 일부러 즐기는 사람이 있을까? 물론 우울감이 무조건 나쁘다고만은 할 수 없다. 적당한 우울감은 감수성을 높여주어서 예술 활동이나 창작 활동에 촉매제가 되기도 하니까. 그렇다고 해도, 적어도 내게는 우울감이 쓸모없다. 예술가가 아닌 바에야 우울감으로 촉발되는 감수성이 무슨 쓸모가 있겠는가. 나는 그저 평범한 회사원이니, 내게 감수성은 아무짝에도 쓸모가 없다. 아니다. 아내와 연애할 때 주변 사람들에게 '사랑꾼'이라고 불렸다. 그게 다 우울질을 기반으로 한 감수성 덕분이라고 말할 수 있다. 그렇다면 우울감이 꼭 쓸모없다고만은 할 수 없을 듯싶다. 아무짝에도 쓸모없다는 말은 취소.

어쨌거나 외향적으로 변하면 우울감에서 해방될 수 있을까? 아니, 외향적이라고 해서 우울감에 빠지지 않는 게 아니거니와 내향적인 기질을 쉽게 바꿀 수는 없으니 쓸데없는 생각이다. 나는 그냥 우울이와 친구가 되련다.

keypoint

사람에게는 네 가지 기질이 있다고 한다. 다혈질, 우울질, 담즙질, 점액질이다. 하필 내향인 중에는 우울질이 많다. 우울질과 내향성은 비슷한 속성이 있기 때문에 둘이 가까이 지낸다. 우울질은 자주 우울감에 젖어 든다는 특징을 가지고 있다. 그래서 우울질인 내향인은 시도 때도 없이 우울 모드로 들어간다. 언뜻 보면 부정적으로 보이겠지만, 그렇지 않다. 우울감은 감수성으로 재탄생하니까. 자기 내면으로 빠져드는 내향인의 우울감은 역으로 감수성으로 소화되어 밖으로 표출된다. 밖으로 표출된 감수성은 종종 예술가의 혼이 되기도 한다.

내향인은 사람을 사귀는
방식이 다릅니다

같은 종끼리는 서로 알아보는 법이다. 아무리 사람이 많은 장소에 있어도 동족은 금방 눈에 띈다. 나와 같은 종인지 금방 구분한다. 여러 사람이 모인 장소에서 내향인이라는 종은 몇 가지 특징을 띠기 때문이다.

1. 말수가 적다.

2. 한자리에 있지만, 존재가 느껴지지 않는다.

3. 다른 사람이 말을 걸어주면 대답은 잘한다.

4. 대화에 적극적으로 참여하지 않고, 옆 사람과 조용히 대화한다.

내향인에게서는 내향인만의 아우라가 느껴진다. 외향인처럼 쉴 새 없이 에너지가 뿜어져 나오지는 않는다. 내향인만의 어두운 기운이라고 해야 할까? 아니 조용한 느낌이라고 해야 할까? 내향인이 풍기는 그런 기운이 있기 때문에 내향인은 동족을 금방 찾는다. 동족을 찾아서 빨리 친해진다.

외향인들은 내향인을 보며 사람들과 쉽게 친해지지 못한다고 생각하겠지만, 그건 그들만의 착각이다. 편견에 사로잡힌 생각이라고 말하고 싶다. 물론 상대적으로 보면 그렇게 보일 수밖에 없다. 외향인은 사람들에게 먼저 다가가서 말도 걸고, 금방 친해지니까. 반면 내향인은 얼어붙은 듯 가만히 있으니까.

예를 들어 동호회나 어떤 모임에 내향인이 갔다고 치자. 외향인은 이 사람 저 사람에게 먼저 다가가서 말을 건다. 하지만 내향인은 그러지 않는다. 제자리에 가만히 있는다. 누군가 말을 걸어주길 기다린다. 그 모습만 보면 사람을 쉽게 사귀지 못할 거라고 생각할 수밖에 없다.

그렇지 않다. 내향인은 동족을 찾는 능력이 뛰어나다. 아무리 많은 사람이 모인 자리라도 동족을 빠르게 찾는다. 동족을 찾으면 은밀하게 움직여서 다가간다. 내향인이 모임에서 제자리에 가만히 있는 이유는 동족을 찾고 있기 때문이다. 시각 레이더를 가장 예민하게 켜놓고 열심히 눈을 굴리며 동족이 어디 있는지 찾는다. 탐색 작업 중이기 때문에 제자리에 있을 수밖에 없다. 제자리에 가만히 있으니 존재가 느껴지지 않을 수밖에.

외향인의 생각과 달리 내향인도 사람들과 금방 친해진다. 단, 두 가지 경우에 한해서 말이다.

1. 상대가 먼저 다가와 줄 때
2. 동족을 찾았을 때

내향인은 다른 사람이 먼저 다가와 주는 걸 좋아한다. 솔직히 말해서 먼저 다가가는 게 민망하고, 어색하니까. 더불어 조심스럽다. 내가 먼저 다가가 말을 걸면 상대가 싫어할까 봐. 괜한 걱정이지만.

아무튼 내향인은 누군가 먼저 다가와 주면 대화를 잘 나눈다. 일대일에 강하니까. 상대가 나와 맞는 사람이라는 판단이 서면 금세 친해진다. 하지만 아직 파악이 되지 않았을 때는 경계한다. 섣불리 친해지고 싶지 않으니까. 나와 맞는 사람이라는 판단이 서면 내 모든 걸 줄 만큼 가까워지기도 한다.

동족을 찾으면 수다쟁이가 된다. 여러 사람이 모인 자리에서는 말수가 적지만, 그중에 동족이 있거나 나와 죽이 잘 맞으면 말이 많아진다. 말이 많아지는 만큼 그 사람과 빠르게 가까워진다.

물론 내향인의 이런 모습은 외향인 눈에 사람을 쉽게 사귀지 못하는 것처럼 보일 수밖에 없다. 지극히 소극적이니까. 소극적인 만큼 사람을 더디 사귈 수밖에 없으니까. 가까운 사람도 그만큼 적을 수밖에 없다. 하지만 그건 외향인의 시선일 뿐 내향인의 입장에서는 스스로 감당할 수 있을 만큼 사람을 사귀는 거다. 외향인처럼 다수를 관리할 능력도 없을뿐더러 그럴 에너지도 없으니까. 그러고 싶지 않으니까. 그렇기 때문에 내향인의 스타일대로 사람을 사귀는 것뿐이다. 그런 면에서 본다면 내향인은 결코 사람을 못 사귀는 게 아니다. 그저 방식이 다를 뿐이다.

keypoint

내향인은 사람들 앞에서 말도 잘 못하고, 사람들에게 먼저 다가가지 못하기 때문에 사람을 잘 못 사귈 거라는 시선이 있다. 그렇지 않다. 내향인도 나름 사람을 잘 사귄다. 자기 방식대로 말이다. 타인에게 먼저 다가가지 않을 뿐, 상대가 먼저 다가와 주면 오케이 땡큐다. 물론 처음에는 어색해서 쭈뼛거리기는 하지만 자신과 잘 맞는다는 판단이 서면 마음의 문을 단숨에 활짝 열고 금방 친해진다.

혼자만의 시간이
필요합니다

나는 혼자 있는 시간을 좋아한다. 나 홀로 있는 시간이 정말 행복하고, 세상 편안하다. 누구의 방해도 받지 않는 자유를 누릴 수 있고, 정신과 육체의 쉼을 누릴 수 있으며, 창조적인 일을 할 수 있으니까.

나는 혼자 있는 시간 동안, 혼자 방에 앉아서 미뤘던 일을 한다. 생각을 정리하고, 글을 쓴다. 때론 멍하니 있기도 하고, 잠을 자기도 한다. 내게 혼자 있는 시간은 그야말로 가장 가깝고 반가운 친구다.

다른 사람은 이런 나를 이해하지 못할지도 모른다. 정확히 말하면 외향인이 말이다. 외향인은 혼자 있는 시간을 어쩔 줄 몰라 하고, 답답해하니까. 그러니 당연히 이해 못 할 수밖에 없다.

고등학교 때 이런 적이 있다. 방학이 되면 겨울잠을 자는 곰처럼 방 밖을 나가지 않았다. 집 밖이 아니라, 방 밖을 말이다. 용변을 보려고 화장실에 가거나 세 끼 식사할 때를 제외하고는 거실에조차 나가지 않았다. 방학 내내 방 안에만 틀어박혀서 하고 싶은 일을 했다.

덕후 기질이 있어서 그런 건 아니다. 은둔형 외톨이도 아니었다. 그때나 지금이나 덕후 기질은 없다. 방에 틀어박혀 밤낮을 가리지 않고 PC게임을 했다거나 애니메이션에 빠져든 게 아니다. 지금까지 살아오면서 아내 말고는 무언가에 빠져본 적이 없다. 그저 내 할 일을 했을 뿐이다. 인터넷 사이트를 뒤적거리며 빈둥거린 게 전부다. 시간 낭비를 한 셈이지만, 어쨌든 나는 혼자 있던 그 시간이 좋았다. 나름 그 시간을 즐기고 누렸다.

내향인은 혼자 있는 시간을 즐길 줄 안다. 어쩔 수 없이 혼자 있는 게 아니다. 의도적으로 혼자 있는 시간을 만든다. 혼자 있는 게 굉장히 익숙하고, 편하니까. 혼자 있는 시간을 갖지 못하면, 인생이 각박하고 무미건조하게 느껴질 정도다.

내향인에게 혼자 있는 시간은 세끼 밥을 먹는 일과도 같다. 인생의 필수조건이다. 내향인은 혼자 있는 시간 동안 성장한다. 스트레스를 풀고, 에너지를 충전한다. 자신을 발전시킨다. 그래서 내향인은 일부러 혼자 있는 시간을 확보한다. 어떻게든 혼자 있는 시간을 만든다.

이런 내향인을 외향인은 이해하지 못할지도 모른다. 외향인은 혼자 있는 시간을 반기지 않을 테니까. 외향인은 혼자 있는 시간을 활용하지 못한다는 말이 아니다. 외향인도 때로는 혼자 있는 시간을 즐긴다. 하지만 내향인만큼 즐기지는 못할 것이다. 외향인은 혼자 있기보다는 다른 사람과 함께 있는 걸 좋아하니까. 다른 사람과 함께 하며 에너지를 충전하고, 자신을 성장시키니까.

반면 내향인은 다른 사람과 함께 있으면 에너지를 빼앗긴다. 물론 친한 사람과 함께 있는 건 좋아한다. 하지만 그래도 에너지를 빼앗기는 건 마찬가지다. 친한 사람과 함께 있는 시간이 즐겁고 행복하기 때문에 정신과 육체 에너지를 빼앗기는 걸 허락할 뿐이다. 하지만 에너지를 빼앗겼기 때문에 반드시 집에 돌아와서 혼자 있는 시간을 가져야 한다. 빼앗긴 에너지를 보충해야 하니까.

그리고 내향인은 다른 사람과 함께 있으면 생각을 정리하지 못한다. 생각의 생산성이 떨어진다. 물론 다른 사람과의 대화가 장점은 있다. 내가 못 보고 경험하지 못한 걸 간접적으로 보고 경험할 수 있다. 견문을 넓힐 수 있다. 또한 잘못된 생각을 바르게 고치고, 좁은 생각을 확장할 수 있다. 하지만 대화 중에는 그런 장점을 뇌 속에 데이터화 할 수 없다. 상대방의 이야기를 계속 들어야 하니까. 경청하는 동안은 아무런 생각을 할 수 없으니까. 그렇기 때문에 내향인은 집에 돌아와 혼자 있는 시간 동안 머릿속을 정리해야 한다. 대화 중에 얻은 정보와 떠오른 생각을 정리해서 나만의 데이터로 뇌 속에 저장하는, 혼자만의 시간을 반드시 가져야 한다.

고등학교 때는 너무 어려서 혼자 있는 시간을 비효율적으로 사용하고, 제대로 누리지 못했다. 어른이 된 지금은 다르다. 이제는 혼자 있는 시간을 온전히 즐긴다. 앞서 말했듯이 생각을 정리하고, 발전시킨다. 그리고 책을 읽고, 글을 쓴다. 이 외에도 하지 못했던 일들을 하고, 밀렸던 일들을 처리한다. 때론 멍을 때리며 머릿속을 힐링한다.

아내와 함께하는 시간을 가져야 하고, 아들과 놀아주어야 하는 지금, 혼자 있는 시간은 내게 휴가나 다름없다. 그런데 안타깝게도 지금은 홀몸이 아니라 혼자 있는 시간이 좀처럼 나지 않는다. 출퇴근 시간이 유일하게 혼자 있는 시간이다. 그래서 혼자 있는 시간을 얻으면 얼마나 소중한지 모른다. 혼자 있는 시간을 더욱 아껴 쓰고 누린다. 그 시간 동안 더 나은 인생을 위해 생산성을 극대화하고, 에너지를 보충한다. 그렇기 때문에 혼자 있는 시간은 나에게 크나큰 혜택이자 인생의 보너스이다. 혼자 있는 시간이 생긴다면 말이다. 아들을 낳고 혼자만의 시간을 가져본 적이 없다. 기쁘면서 슬프다.

내향인은 혼자만의 시간을 좋아한다. 내향인에게 혼자 있는 시간은 세끼 밥을 먹는 일과도 같다. 내향인은 혼자 있는 시간을 잘 활용한다. 자기계발 측면이 아니라 내적인 측면에서 말이다. 내향인은 홀로 존재하는 시간 동안 밖에서 빼앗긴 에너지를 충전하고, 복잡했던 머릿속을 정리한다. 그 과정을 통해 쌓인 스트레스를 푼다. 그래서 내향인에게는 혼자 있는 시간이 꼭 필요하고 너무나 소중하다.

수줍은 게 아니라
할 말이 없을 뿐입니다

'샌님'이라는 말을 들어보았는가? '샌님'은 얌전한 사람을 뜻할 때 사용하는 말이다. '생원님'의 준말로 조선시대에 과거 시험에 합격한 사람을 가리키는 말로 사용했다가, 조선 후기에는 나이 많은 선비를 대접하기 위해 그 성 밑에 붙여 썼다. 오늘날에는 얌전하고 고루한 남성, 숫기가 없고 활발하지 못한 성격의 남자를 비아냥대는 말로 쓰인다. 나는 이 말을 어릴 적 숱하게 들었다.

"아휴, 우리 두표는 왜 이렇게 샌님일까."

작은어머니가 어릴 적 나에게 하신 말씀이다. 좋은 의미에서 하신 말씀이 아니다. 작은어머니, 작은아버지가 우리 집에 오시면 인사만 하고 방에 쏙 들어가 버리는 내 모습, 명절 때마다 온 가족이 우리 집에 한데 모여 거실에서 대화를 나눌 때 아무 말 않고 음식만 먹는 내 모습을 보시며 하신 말씀이니까.

작은어머니는 나에게 숫기가 없고, 활발하지 못하다고 지적하신 것이다. 조카를 걱정하며 하신 말씀이지만, 그 말을 들을 때마다 기분 좋게 들리지는 않았다. 저 말을 한 번 했으면 고맙게 들었을 것이다. 어릴 적부터 스무 살이 넘어서까지 나를 볼 때마다 저 말씀을 하셨으니 좋게 들을 수가 없었다.

사람들이 내향인을 보며 흔히 하는 오해가 있다. '수줍음이 많아 보인다'는 것이다. 사람들 앞에서 말이 없는 내향인의 모습을 보면 그런 생각이 들 만도 하다. 다른 사람들은 화기애애하게 대화하는데 소리 없이 웃기만 할 뿐, 아무 말 하지 않는 내향인의 모습을 보면 수줍어서 그런 것처럼 보일 수밖에 없다. 게다가 말을 하라고 해도 말하지 않는 내향인을 보면 자신감이 없어 보이고, 수줍음이 많아서 자신감이 없는 건가라고 '오해'할 수밖에 없다.

내향인을 바라보는 사람들의 시선을 '오해'라고 말한 이유가 있다. 그것은 오해가 맞기 때문이다. 두 가지 면에서 말이다.

내향인 중에 수줍음 많은 사람이 있는 건 분명하다. 하지만 모든 내향인이 수줍음 많은 게 아니다. 기질 특성상 외향인보다 내향인이 수줍음을 더 많이 탈 수는 있다. 따라서 수줍음 많은 사람이 외향인보다 내향인 중에 더 많을 수는 있다. 그렇다고 해서 모든 내향인이 수줍음이 많다고 볼 수는 없다. 내향인 중에는 수줍음이 적거나 없는 사람도 있는 것 또한 분명하니까.

또 다른 면에서 왜 오해냐면, 내향인은 수줍어서 말을 하지 않는 게 아니기 때문이다. 내향인이 사람들 사이에서 말을 하지 않고 그저 맞 장구만 치는 이유는 수줍어서 그런 게 아니다. 단지 할 말이 없기 때 문이다. 이게 가장 큰 이유다.

수줍음 많은 내향인이라면 수줍어서 말을 못 하는 게 맞긴 하다. 하 지만 수줍음이 많든 적든 그 이유 때문만은 아니다. 할 말이 없어서 아무 말 하지 않는 것이다. 할 말이 없는데 무슨 말을 한다는 말인가.

내향인은 외향인과 다르다. 대화 머리가 그리 발달하지 않았다. 내 향인은 대화 방식이 단순하다. 할 말이 있으면 한다. 그리고 할 말이 없으면 가만히 있는다. 아무 말 대잔치를 하지 않는다. 외향인처럼 할 말도 없는데 굳이 아무 말이나 생각해서 마구잡이로 투척하지 않 는다. 그건 내향인 스타일이 아니다. 할 말이 없으면 가만히 듣고만 있는 게 내향인 스타일이다.

내향인은 할 말도 없는데 억지로 말하려고 애쓰지 않는다. 억지 로 말하려면, 할 말을 찾기 위해 쉴 새 없이 두뇌를 회전시켜야 한 다. 외향인은 그 과정이 신이 날지도 모르겠지만, 내향인은 그렇지 않다. 쓸데없이 머리를 돌리면 피곤하다. 게다가 음료수 자판기처럼 두뇌 회전 버튼을 누르면 원하는 말이 재깍재깍 튀어나오는 것도 아니다. 말이 출력되기까지 시간이 오래 걸린다. 어렵사리 할 말을 떠올리고, 열심히 자판을 두드려 엔터키를 누르려던 순간, 엔터가 아니라 삭제키를 눌러야 한다. 사람들은 이미 다른 주제로 대화를 나누고 있으니까.

대화에 끼어들기 위해 아무리 몸부림쳐도 이런 상황이 전개될 걸 경험적으로 잘 알고 있으니, 내향인은 리액션만 펼친다. 이런 모습, 아무 말 하지 않는 모습에 사람들은 내향인이 수줍음이 많다고 오해하는 것이다.

오해는 오해를 낳는 법. 내향인은 별다른 해명을 하지 않고 가만히 있으니 사람들은 수줍음이 많은 거라고 계속 오해하게 된다. 말을 하라고 발언권을 주어도 그저 웃고만 있으니 오해는 의혹이 되고, 의혹은 확신이 되어 '내향인은 수줍음이 많은 사람'이라는 등식이 사람들 머리에 깊게 박혀 버린다.

가족들이 모여도 워낙 말을 하지 않으니 나는 수줍음 많은 조카이자, 형, 오빠로 이미지가 굳어 버렸지만, 결혼한 후 아내 덕분에 그 이미지를 조금씩 탈피했다.

결혼하기 전에야 내 방에 들어가 버리면 그만이지만, 결혼한 후 아내만 거실에 두고 방에 들어가 버릴 수는 없었다. 아내가 거실에 있으면 나도 함께 있어야 했다. 그래야 아내 마음이 편하니까.

가족들과 둘러앉아 이런저런 얘기를 하다 보면 나도 말을 해야 할 때가 있다. 그때마다 말을 안 할 수가 없으니 조금씩 말했다. 내가 조금씩 말하기 시작하니 사촌 동생이 이런 말까지 했다.

"커서 오빠랑 대화한 거 처음이야."

사실이다. 십수 년 만에 동생들과 처음 대화를 나눴다. 동생들이 올 때마다 딱히 할 말이 없어서 방에 들어갔으니 그럴 수밖에.

어쨌든 나는 수줍음이 있는 내향인인 건 분명하지만, 그렇다고 수줍어서 말을 못 하는 건 아니다. 하고 싶은 말은 한다. 하지 않으면 잠 못 자겠다 싶은 말은 어떻게든 한다.

keypoint

사람들은 내향인을 샌님 취급한다. 숫기 없고, 수줍음이 많다고 생각한다. 말을 잘하지 않으니까. 내향인은 수줍음이 많은 게 사실이다. 하지만 수줍음 때문에 말을 하지 않는 게 아니다. 그저 할 말이 없어서 가만히 있는 것이다. 내향인도 할 말이 생기면 한다. 꼭 하고 싶은 말이나 해야 하는 말은 어떻게든 한다. 단지 그럴 만한 말이 없어서 가만히 있는 것뿐이다.

얌전한 게 아니라
그저 가만히 있을 뿐입니다

  어릴 적부터 나는 "순둥이" 혹은 "얌전하다"라는 말을 자주 들었다. 말도 없고, 행동이 늘 다소곳해서 그렇다. 사람들이 나를 보고 어떻게 생각하든 나는 그리 '얌전한 사람'이 아니다. 나도 덤벙대고, 꼼꼼하지 못할 때가 있으니까. 지인들은 상상도 못 하겠지만, 엄청 촐싹댈 때도 있다. 집에 혼자 있을 때만.

  아래는 '얌전하다'라는 단어의 뜻이다.

1. 성품이나 태도가 침착하고 단정하다.
2. 모양이 단정하고 점잖다.
3. 일하는 모양이 꼼꼼하고 정성을 들인 데가 있다.

나는 성품이나 태도가 침착하고 단정하긴 하다. 단정하고 점잖긴 하다. 일하는 모양이 꼼꼼하고 정성을 들이긴 한다. 그러면 나는 얌전한 사람인 건가? 아니 그렇게 생각하면 잘못 판단한 거다. 나는 얌전한 게 아니라, 그저 가만히 있는 것뿐이니까.

겉으로 보면 나는 지극히 얌전한 사람이다. 하지만 나는 결코 얌전한 사람이 아니다. 나는 꽤 수다스럽고, 개방정을 꽤나 떤다. 나를 보는 사람이 없는 데서 말이다. 예를 들면 차 안이나 집에 홀로 있을 때 나는 결코 얌전하지 않다. 그렇다고 오두방정을 떤다는 말이 아니다. 보이는 것보다는 꽤 활달하다는 뜻이다.

집에 있으면 층간소음 신고를 받을지도 모를 만큼 소리 높여 노래 부른다. 아무도 없을 때 말이다. 아무리 가족이라고 하더라도 한 명이라도 있으면 어색하다. 한때 아내가 내게 한 말이 있다.

"여보, 샤워할 때 무슨 노래를 그렇게 불러?"

아내의 말에 이렇게 대답했다.

"소리가 울려서 청음이 잘 돼서 그래~"

아내가 그걸 물은 게 아니지만, 괜히 말을 돌린다. 평소에는 조용한 사람이 왜 샤워만 하면 시끄러워지냐는 말이다. 다른 사람 앞에서는 그렇게 조용하고 얌전하면서 말이다. 그뿐만이 아니다. 내 지인들이 나를 보며 놀란다. 이렇게 조용한 녀석이 축가는 어떻게 하냐고 말이다. 나는 비록 내향인이긴 하지만, 축가 이력이 몇 번 있다. 다른 사람들 앞에서 노래를 부른다는 게 쉬운 일이 아니다. 샤워하면서야 나혼자니 얼마든지 할 수 있지만, 사람들, 그것도 최소 수십 명 앞에서 노래하는 게 쉬운 일인가. 그럼에도 축가를 몇 번 했다. 얌전한 나와는 거리가 상당히 먼 모습이다. 대외적인 내 모습을 보던 사람들이라면 아마 의외라는 생각을 할 것이다. 그뿐이랴. 다른 사람이 나를 숫기가 없다고 생각하겠지만, 나도 과감하고 저돌적일 때가 있다. 목적을 이루어야 할 때는 말이다.

한때 연애 좀 해보겠다고 정신 나간 행동을 한 적이 있다. 전에 다니던 회사에 출근할 때 아침마다 보는 여성이 있었다. 외모만 봤을 때 딱 내 스타일이었다. 당시 내 나이는 결혼적령기였는데, 그때까지 연애를 딱 한 번 해봐서 마음이 조급했다. 이러다 결혼은커녕 연애도 못 해보겠다는 불안감이 들었다. 그래서 그 여성에게 대시를 해보겠다는 결심을 했고, 마음을 담은 쪽지로 대시하기로 했다. 오래전이라 내용이 정확히 기억나지는 않지만, 대충 이러했다.

'매일 보는 사이인데 불쑥 죄송하다. 당신이 마음에 들어서 그런데, 혹시 내가 궁금하시면 아래 연락처로 연락을 달라.'

몇 날 며칠을 쪽지를 건넬 날만 엿보았다. 그리고 마침내 이때다 싶은 어느 날! 내가 그분보다 먼저 하차했는데, 전철에서 내릴 때 얼른 그 여성분께 쪽지를 건넸다. 그리고 속으로 '아싸, 성공!'을 외치며 뿌듯해 했다. 과연 그 여성분에게서 연락이 왔을까? 택도 없는 소리. 그런 일은 현실에서 벌어지지 않는다. 그분은 내 얼굴도 모른다. 대화 한 번 나눈 적이 없다. 연락이 올 리가 없지. 내가 얌전한 사람이었다면, 이런 무모한 짓을 감행했을까? 얌전과는 조금 동떨어진 예이지만, 나는 다른 사람이 보는 것과 달리 마냥 얌전하거나 숙맥은 아니다. 행동해야 할 때는 행동한다.

얌전한 성격이어서 얌전한 것과 일부러 얌전하게 있는 건 전혀 다르다. 전자는 성향이고, 후자는 선택이다. 내향인 중에는 얌전한 성향이어서 얌전한 사람도 있지만, 그저 가만히 있는 사람도 있다. 후자는 굳이 활달하게 행동해야 할 필요를 느끼지 못해서 가만히 있는 것이다. 다른 사람이 활달하다고 해서 나까지 그럴 필요는 없다고 생각하니까.

그저 가만히 있는 걸 선택한 내향인은 언제든 얌전한 모습을 벗을 준비가 되어 있다. 상황에 따라 허물을 벗어던지고 의외의 모습을 선보인다. 필요할 때는 언제든 활달해진다. 다만 활달해질 일이 별로 없다는 게 함정이다. 활달해야 할 상황에서도 가만히 있는 쪽을 택하니까.

keypoint

사람들은 내향인이 얌전한 사람이라고 생각한다. 점잖은 사람이라고 생각한다. 그렇게 보이니까. 하지만 내향인은 얌전한 사람이 아니다. 얌전한 게 아니라 그저 가만히 있는 것뿐이다. 활발하게 말하고 행동해야 할 필요가 없으니까. 얌전한 걸 선택한 것이지, 얌전한 사람은 아니다. 내향인도 때로는 활달할 때가 있다. 그럴 필요가 있는 상황에서는 말이다.

내향인 탐구 1

내향인은 어떤 사람들인가?

내향인은 어떤 사람들일까? 물음 자체가 우습다. 외향인과 별반 다를 게 없는 '사람'이니까. 존재론적 측면에서 보면 정말 우스운 물음이다. 하지만 일반적인 시각으로 보면 매우 진지하고, 심각한 물음이다. '상대적'으로 우리 사회에서 내향인은 외계인, 혹은 조금 모자란 사람 취급을 받으니까.

우리 사회에 존재하는 외향인과 내향인 비율을 단순히 반반이라고 하자. 외향인은 어디서든 워낙 두드러지고, 내향인은 존재감이 낮기 때문에 언뜻 보면 외향인이 다수를 이루는 듯 보인다. 외향인이 더 많은 듯 느껴지기 때문에 사람들은 내향인을 소수자이자, 조금 모자란 반쪽짜리 인간으로 취급한다. 마치 왼손잡이처럼 말이다.

조부모 세대, 어른들은 왼손잡이를 '반편이'라고 불렀다. '반편'은 사전적으로 '지능이 보통 사람보다 모자라는 사람을 낮잡아 이르는 말'이다. 나는 왼손잡이다. 어릴 적 할아버지가 글씨만은 오른손으로 쓰게 하셨다. 왼손잡이에 대한 부정적인 인식 때문이다. 젓가락질은 왼손으로 하게 놔두셨지만, 유독 글씨만은 허용하지 않으셨다. 밥은 주로 집에서 먹고 글씨는 외부, 학교에서 주로 쓰기 때문이리라. 할아버지는 글씨는 오른손으로 써야 한다며 펜을 오른손에 쥐여주셨고, 결국 나는 다른 건 다 왼손으로 하는 게 편하지만, 글씨 쓰기만은 오른손이 편하게 되었다.

오늘날 표현만 안 할 뿐 내향인은 알게 모르게 '반편이' 취급받는다. 식사 자리에서 밥을 먹으면 사람들이 나를 보며 꼭 하는 말이 있다.

"왼손잡이네?"

이 말에 나는 속으로 생각한다. '그게 어때서?' 사람들은 내가 왼손으로 젓가락질하는 모습을 보면 신기해한다. 왼손으로 밥을 먹든 오른손으로 밥을 먹든 먹는 건 같기 때문에 신기해할 필요가 전혀 없는데 사람들은 꼭 신기해한다. 참 웃기다.

하필 나는 내향인이자 왼손잡이다. 사람들이 부정적인 시선으로 바라볼 요소를 두 개나 갖췄다. 사람들은 내가 왼손으로 밥을 먹는 모습만 신경 쓰는 게 아니다. 식사 자리에서 나는 정말 부지런히 음식을 먹는데, 사람들은 자꾸만 이렇게 말한다.

뼛속까지 내향인이지만 잘살고 있습니다

"팍팍 좀 먹어."

"왜 이렇게 조금씩 먹어? 많이 먹어~"

이 상황이 너무나 익숙해서 겉으로는 알았다고만 대답하고, 속으로 이렇게 생각한다.

'너보다 많이 먹고 있거든요?'

실제로 그렇다. 양껏 먹고 있는데 아무것도 하지 않고 먹기만 하니까 안 먹는 줄 안다. 식사 자리뿐이랴.

대화 자리에서도 사람들은 내향인을 별종 취급한다. 내향인 나름이긴 하지만, 보통 내향인은 모임에서 말을 많이 하지 않는다. 많이 하지 않을 뿐 할 말은 한다. 하고 싶은 말, 해야겠다는 생각이 드는 말은 하고야 만다. 하지만 사람들은 상대적으로 내향인이 말을 적게 하기 때문에 화가 나서 말을 안 하거나, 말을 하고 싶은데 쑥스러워서 못하는 줄 안다. 물론 그럴 때가 있긴 하지만 대개 듣는 게 더 좋고, 할 말이 떠오르지 않고, 다른 사람들에게 말할 시간을 양보하기 위해 말을 하지 않는 것뿐이다.

그걸 알 턱이 없는 사람들은 내향인을 소심하고, 쑥스러운 사람으로 규정한다.

'예민', '소심', '은둔형 외톨이'

내향인을 대표하는 표현들이다. 사람들은 이런 성향을 보이는 이들을 무조건 내향인, 내성적인 사람이라고 속단한다. 내향인 중에 이런 성향을 가진 사람이 많은 건 사실이지만, 이런 사람을 전부 내향인이라고 할 수는 없다. 외향인 중에도 이런 사람이 있으니까.

'내향적'이라는 개념은 저명한 심리분석학자인 카를 구스타프 융이 처음 사용했다. 그는 행동양식이 내부로 향한 이들을 내향적이라고 정의하고, 외부로 향한 이들을 외향적이라고 정의했다. 단, 비중에 차이가 있을 뿐 한 가지 성향만 가진 사람은 아무도 없고, 모든 사람은 두 가지 성향을 모두 지니고 있다는 단서를 달았다(Carl Gustav Jung, Psychologische Typen, Rascher Verlag, 1921 참조.『혼자가 편한 사람들』도리스 메르틴 저, 비전코리아).

내향인이라고 전부 예민하거나 소심한 건 아니다. 예민하고 소심한 사람이 있긴 하지만, 내향인 중에서도 둔감하거나 대범한 사람도 있다. 내향인 중에도 외향적인 성격을 가진 사람이 있다. 내향적인 성향이 더 강하냐 외향적인 성향이 좀 더 강하냐 차이뿐이다. 한마디로 완전한 내향인도, 완전한 외향인도 없다. 그렇기 때문에 오히려 내향인을 이상한 사람 취급하는 게 이상한 거다. 내향인은 그저 내향적인 성향이 좀 더 강한 사람일 뿐이다.

2장
내향인으로 살아가는 지혜

내향인은 타고난
배려쟁이입니다

'오늘은 몇 정거장을 지나야 앉게 될까?'

어느 날 퇴근길 전철에 오를 때 한 생각이다. 전철에 타서 자리에 앉는 건 중요하다. 내가 찌그러지냐 네가 찌그러지냐에 사활을 거는 지옥철 안에서 안락한 일등석을 맛볼 수 있는, 결코 양보하면 안 되는 기회이기 때문이다. 지옥철 안에서 사람들에게 이리 밀리고, 저리 밀리면 정말 피곤하다. 안 그래도 고단한 업무로 몸이 천근만근인데, 사람들에게 치이기까지 하면 스트레스가 머리를 뚫고 나온다. 그렇다고 왜 자꾸 미느냐고 싸울 수도 없고. 그러니 자리가 생기면 무조건 앉아야 한다.

겉으로는 자리에 관심 없다는 듯 시크하게 서 있었다. 하지만 마음속으로는 간절히 자리를 애원하고 있던 순간, 몇 정거장이 지난 후 드디어 자리가 났다! 나는 곧바로 앉지 않고 옆에 서 있던 사람 눈치를 봤다. 서로 좌석 앞에 반반씩 몸을 걸치고 서 있었기에 먼저 앉는 사람이 자리 주인이 된다. 그도 내 눈치를 보는지 앉지 않고 서 있었다.

몇 초간 나와 그 사람 사이에 묘한 기류가 흘렀다. 그깟 자리가 뭐라고, 이렇게 둘이 밀당을 할까. 둘 다 계속 서 있으면 다른 사람이 앉을 테니 내가 먼저 슬며시 움직였다. 앗, 그때! 옆 사람도 고민을 끝내고 마음을 정했는지 슬쩍 움직였다. 어쩜 타이밍이 이리 절묘할까. 나는 그가 움직여서 멈칫했다. 옆 사람도 멈칫한 걸 보니 내 움직임에 반응한 모양이다. 이제는 먼저 움직이는 사람이 자리 임자다! 나는 더 이상 고민하지 않기로 결심하고 적극적인 움직임으로 자리에 앉았다. 앉으며 속으로 말했다.

'감사합니다.'

감사할 일도 아니지만, 괜히 감사했다. 나도 머뭇거리긴 했지만, 그 사람도 머뭇거린 덕에 내가 앉았으니 감사하지 아니한가. 그리고 생각했다.

'저 사람도 내향인인가 보구나.'

좌석 앞에 나 혼자 서 있었으면 옆 사람 눈치를 보거나 신경 쓰지 않았을 것이다. 서로 반반씩 몸을 걸치고 있어서 이 사달이 났다. 아마 외향인 같으면 반반씩 걸쳐 있든 말든 자리가 나자마자 뺏길세라 1초의 망설임 없이 앉았을 것이다. 하지만 내가 누구던가. 뼛속까지 내향인이다. 망설임은 나의 주특기다.

내향인은 상황을 많이 신경 쓴다. 주변 사람의 감정과 반응을 본능적으로 살핀다. 소심해서가 아니다. 배려하는 마음이 있어서다. 하지만 애석하게도 상대는 그 배려를 알지 못한다. 상대가 알게 되는 것조차 부담스러우니까, 상대가 모르게 배려한 탓이다. 상대가 모르는 배려를 어찌 배려라 할 수 있냐고 누군가 물을지 모르겠지만, 내향인 입장에서는 분명히 배려다.

내향인이 내심 배려했다는 사실을 상대가 인지한다면, 어쩌면 내향인에게 고맙다고 말할지 모르겠다. 하지만 내향인은 그런 건 바라지 않는다. 자신의 배려를 상대가 인지한다면, 상대가 신경 쓰게한 것이다. 상황이 그렇게 되면 괜스레 미안하다. 미안할 일도 아닌데 미안하게 느껴진다. 그래서 최대한 상대가 모르게 배려한다. 상대 모르게 배려해야 자신의 마음이 편하다. 결국 그 배려는 자기만족이 되고 만다.

상대 모르게 배려 아닌 배려를 하다 보니, 상대가 예상 밖의 행동을 하거나 전혀 기대하지 않은 반응을 보이면 괜히 서운하다. 나는 내 방식대로 상대를 배려할 생각이었는데, 내 마음도 몰라주고 내가 정한 선을 넘어서니 화도 난다. 하지만 그 감정을 내색할 수는 없다.

내 기준과 행동은 상대와 전혀 무관하니까. 나의 일방적인 기준과 감정이기에 상대가 그 기준을 넘어도 할 말이 없다. 그러니 서운함과 화는 속으로 삼킨다.

만약 앞선 상황에서 옆에 서 있던 승객이 선방을 날려 재빠르게 앉았다면, 내 마음속에는 이런 고요한 외침이 가득 울려 퍼졌을 것이다.

'어라, 거기 내 자리인데, 내 자리에 왜 앉아요!?'

내 전용 좌석도 아닌데 자리를 강탈당했다며 속으로 화냈을 것이다. 입으로는 한마디도 뻥긋 못하고. 내로남불에 가깝지만, 어쨌든 내향인은 겉으로는 타고난 배려쟁이다. 은근히 자기만족을 즐긴다. 그래야 마음이 편하니까.

자기만족이면 어떠랴. 상대는 알 턱이 없지만, 어쨌든 자신은 할 만큼 했고, 할 만큼 했으니 만족스럽다. 약간 유별나긴 하지만 아무래도 상관없다. 내 마음이 편한 게 중요하니까. 내 마음이 편하면 아무래도 상관없다. 내향인을 무슨 변태, 정신 이상자처럼 묘사한 것 같은데 절대 그런 존재는 아니다.

모든 내향인이 자기만 아는 배려를 하지는 않겠지만, 내향인은 대체로 배려가 몸에 배었다. 그건 내향인이 외향인보다 예절이 좋아서 그런 게 아니다. 그저 타고난 성향이다. 외향인이 보기에 참 피곤하게 산다고 생각할지 모르겠다. 피곤하게 왜 그리 신경 쓰냐고 말이다. 그런 기질을 가지고 태어난 걸 어쩌겠는가. 일부러 그러려고 그러는 게 아니라 자동으로 그리되는 걸 말이다.

　누군 그러고 싶겠는가. 그런 자신의 성향으로 피곤할 때가 있는 데
도, 앞으로 그러지 않겠다고 다짐하고도 또 그러는 게 내향인이다.
신경 쓰기 메커니즘, 배려 본능을 기본 탑재하고 있으니 어쩔 도리가
없다. 일종의 숙명이다. 그러니 계속 그리 살 수밖에.

keypoint

　내향인은 배려가 몸에 배어 있다. 주변 사람의 감정과 반응을 본
능적으로 먼저 살핀다. 다른 사람을 챙겨주고, 신경 써 주는 게 일상
이다. 상대가 알아주지 않아도 된다. 내향인의 배려를 인지한다면,
상대가 신경 쓰게 한 것이니까. 알아주지 않는 게 좋다. 그저 배려한
걸로 만족한다. 내향인은 뼛속까지 배려쟁이다.

나댄다고 할까 봐
말을 아낍니다

여러 사람이 모이면 이런 사람이 한 명쯤은 꼭 있다. 말을 많이 하고, 상황을 주도하는 사람 말이다. 그는 누가 시키지도 않았는데 자연스럽게 사회자 노릇을 하며 분위기와 대화를 주도한다. 좋게 봐서 사회자지, 부정적으로 보면 나대는 거다. 어쨌든 그는 분위기가 어색해지거나 대화가 끊기면 화두를 던져 분위기를 전환하고 대화를 이어나간다. 그러다 보니 자연히 말이 많아지고 목소리가 커지기 마련이다. 이런 사람은 대개 외향인이다. 그렇다고 외향인만 그런 역할을 맡는 건 아니지만, 보통은 외향인이 그 역할을 즐겨 맡는다.

사회자 역할을 하는 외향인은 사람들의 시선을 두려워하지 않는다. 사람들의 시선을 의식했다면 결코 그럴 수 없다. 그렇다고 해서 사람들의 시선을 아예 못 느끼거나 외면하는 건 아니다. 시선을 느끼기는 하지만, 단지 개의치 않을 뿐이다. 사람들이 자신을 어떻게 바라보는지 크게 신경 쓰지 않는다. 그런 건 중요하지 않다. 자신의 성향대로, 대화를 이끄는 게 중요하기 때문에 하려는 일에만 집중한다.

반면 내향인은 사회자 역할을 맡을 수 없다. 아니 맡지 않는다. 사람들의 시선이 부담스럽고, 사람들의 반응을 너무 신경 쓰기 때문이다. 내향인은 대화할 때 한 사람, 한 사람의 표정과 말투는 물론이고, 사람들 사이에 흐르는 공기의 습도와 밀도까지 세세하게 감지한다. 말을 한마디 한 후 은근슬쩍 사람들의 반응을 살핀다. 사람들의 표정이 이상하면 온갖 추측을 한다.

'내 말에 기분이 나빴나?'

'내 말이 거슬렸나?'

'내가 틀린 말을 했나?'

말도 안 되는 시나리오를 쓰고, 결국 자기 탓을 한다. 자기 말에 분위기가 이상해지는 것 같으면 괜히 말해서 분위기를 망친 건 아닌지 고민에 빠진다. 이상하다고 느낀 사람이 아무도 없는데 혼자 미안해서 어쩔 줄 모른다. 그러니 대화를 주도하기 힘들다. 괜히 그런 역할을 맡았다가는 스트레스만 받으니 조용히 무리에 묻혀 있다. 사회자 역할은 내향인 취향이 아니다.

여기서 내향인과 외향인을 나누는 차이가 보이는가? 내향인은 사람들을 의식한다는 게 다르다. 앞서 말했듯이 내향인은 대화할 때 사람들 반응을 신경 쓴다. 사람들이 자신의 말에 어떻게 반응하는지 살핀다. 그만큼 주변에 민감하다는 말이다. 내향인이 주변에 민감한 이유는 간단하다. 사람들에게 자신에 대한 이미지가 부정적으로 각인되는 것을 경계해서다. 그러니 사람들 반응에 일희일비하게 된다.

외향인은 감정 발산형이기에 자기 이미지가 사람들에게 어떻게 각인이 되든 크게 신경 쓰지 않는다. 자기 이미지에 말과 행동이 크게 좌우되지 않는다. 하고 싶은 말은 해야 하고, 하고 싶은 행동 또한 해야 직성이 풀린다.

반면 내향인은 감정 수렴형이기에 자신에 대한 사람들의 인식을 상당히 신경 쓴다. 자신의 말과 행동에 따라 사람들에게 자신에 대한 이미지가 각인될 테니, 가능한 한 좋은 이미지로 각인되었으면 한다. 그러니 말과 행동에 신중할 수밖에 없다. 내향인의 이러한 특징은 앞서 말한 대로 사람들과의 대화 시에 두드러지게 드러난다.

나도 내향인이기에 여러 사람이 모인 자리에서 말을 거의 하지 않는다. 나도 이런저런 말을 하고 싶지만 일부러 참는다. 하고 싶은 말을 전부 하면 사람들이 나댄다고 생각할까 봐서다. 물론 하고 싶은 말을 다 하더라도 대화를 독점하지만 않으면 누구도 뭐라 하지 않는다. 한여름 산들바람의 방향보다 더 빠르게 바뀌는 대화 주제를 재빨리 파악하고, 얘깃거리를 떠올려서 적당한 시점에 투척하면 된다. 하지만 그건 내향인에게 어려운 일이다.

내향인은 머리와 입이 느리게 움직인다. 그래서 대화 중에 언제 치고 들어가야 할지 전전긍긍한다. 그러다 치고 들어갈 시점을 놓치고, 그 사이 대화 주제는 바뀌어 버린다. 결국 할 말을 못 하게 된다.

이런 일을 겪지 않으려면 생각나는 건 그때그때 배설해 버려야 한다. 그러지 않으면 말할 타이밍을 놓치고 말을 못 하게 된다. 하지만 나오는 대로 쏟아내는 건 내향인의 스타일이 아니다. 마구잡이로 쏟아냈다가 사람들이 어떻게 반응할지 모르고, 만에 하나 부정적으로 반응하면 그 반응을 감당할 자신이 없다. 그러니 내향인은 할 말을 꾹꾹 눌러 담게 된다. 말을 최대한 아낀다.

물론 하고 싶은 말을 마구잡이로 쏟아낸다고 해도, 면전에 대고 이렇게 말하는 사람은 없을 것이다.

"너 왜 이렇게 말이 많아."

"너 너무 나대는 거 아냐."

혹시나 이 말이 목구멍까지 올라온 사람이 있더라도 도로 삼키며 속으로만 말겠지. 아니면 나중에 다른 사람과 내 험담을 하거나. 그도 아니면 그 대화 자리에서 은근슬쩍 따돌릴 수도 있다. 내향인, 나는 어쩌면 발생할지도 모르는 그 일들을 겪기 싫어서 과묵하게 있는 쪽을 택한다. 대화를 주도할 생각은 꿈에서도 꾸지 않는다.

어떤 사람은 이런 나, 내향인의 특징을 부정적으로 바라보기도 한다. 굳이 과묵하기로 한 것을 부정적으로 볼 필요가 있을까 싶다. 과묵은 한국인의 미덕이 아니던가. 적당히 말하고, 적당히 침묵하면 싫은 소리를 피할 수 있는데, 그게 뭐 그리 잘못인가.

별걸 다 신경 쓴다고? 그러거나 말거나, 하고 싶은 말이 있으면 그냥 편하게 말하라고? 그럴 수 없다. 나는 내향인이니까. 각자 문제는 저마다 해결 방식이 있다. 남의 방식대로 문제를 해결하면 용변을 보고 뒤를 제대로 안 닦아서 찝찝한 것처럼 개운하지 않기 마련이다. 그러니 남의 방식대로 해결해서 괜히 계속 찝찝한 것보다, 내 방식대로 개운하게 해결하는 게 정신 건강에 이로운 법이다.

keypoint

내향인은 한국인의 미덕인 과묵을 충실히 실천하는 '과묵 대가'이다. 사실 내향인이 여러 사람 앞에서 말을 잘하지 않는 이유는 말을 많이 하면 나댄다고 할까 봐서이다. 머리와 입이 느리게 움직이기에 말을 하지 않는 쪽을 택한다. 하지만 이 모습이 어때서? 미덕을 아름답게 발휘하기만 하면 그만이다. 과묵은 외향인은 실천하지 못하는 내향인의 주특기이다.

부끄러움이 많은 게 아니라
신중한 겁니다

나는 내가 내성적이라서 부끄러움이 많은 줄 알았다. 부끄러움 때문에 모임에서 말도 잘 안 하고, 듣기만 하는 줄 알았다. 그래서 속으로 '이놈의 부끄러움, 없앨 수는 없나'라고 가끔 생각했다. 그런데 내향인에 대한 연구를 시작하고 나서야 부끄러움이 많아서 그런 게 아니라는 사실을 알았다. 생각해보니 부끄러움이 '있는 건' 사실이지만, '많은 게' 아니었다. '신중한 거'였다.

언젠가 우리 집에서 부부 모임을 했다. 우리 아들이 다니는 어린이집 친구들의 엄마 아빠, 네 부부가 모였다. 아이들을 다 재우고,

밤 11시에 모여 새벽 4시까지 웃고 떠들었다. 거짓말 하나 안 보태고, 장장 다섯 시간 동안 나는 말을 여섯 마디 정도 했을까? 스스로 한마디도 하지 않았다. 다른 사람이 뭔가 물어볼 때만 대답했다. 그런 내가 신기했던지, 누가 나에게 내성적인 성격이냐고 물었다. 또 누구는 나와 농담을 주고받는 게 목표라는 농담을 던졌다. 함께 모임을 한 커플 중에 한 부부는 신기하게도 우리 옆집에 산다. 그리고 더욱 신기하게도 두 집 여자는 동갑이다. 서로 이웃하며 근 2년을 살면서 한 번도 마주친 적이 없었다. 아이들을 어린이집에 보내고 나서야 서로의 존재 사실을 알게 되었다. 어쨌든 언젠가 아기들을 어린이집에 보내고 두 여자가 시간이 남아서 대화를 했다고 한다. 그 집 남편이 나에 대해 이렇게 말했다고 아내가 전했다.

"여보, 옆집 ○○가 자기 남편이 그랬대. 자기는 부끄러움이 많은 게 아니라 신중한 거라고 말이야. 부끄러움이 많아서 말이 적은 게 아니라, 신중해서 탐색하고 조심스러우니까 말이 적은 것 같다고 말했대."

오! 나보다 나를 더 잘 안다는 생각이 들었다. 듣고 보니 '맞네, 맞아!'라는 생각이 들었다. 내가 세 명 이상 모인 자리에서 말을 안 하는 이유가 말하기보다 듣는 게 좋아서이기도 하지만, 듣고 보니 정말 그런 이유도 있었네 싶었다.

내성적인 사람은 대체로 말이 별로 없다. 말수가 적다. 물론 항상 말수가 적은 건 아니다. 친하고 편한 사람과 만나거나 일대일 자리, 혹은 말을 꼭 해야 하는 상황에서는 말을 한다. 친하고 편한 사람 앞에서는 수다쟁이가 되고, 일대일이나 말을 꼭 해야 하는 상황에서는 할 말은 한다. 하지만 그 외에는 말을 아낀다. 굉장히 아낀다.

다른 사람은 이런 내향인의 모습을 오해한다. 부끄러움이 많아서 말이 적은 거라고 말이다. 부끄러움 때문인 게 맞긴 하다. 그러나 부끄러움 때문만은 아니다. 부끄러움은 내향인이 말수가 적은 이유에서 지분이 적다. 내향인이 다수 앞에서 말이 적은 이유, 특히 일대일이든 일대 다수든, 처음 보는 사람들 앞에서 말이 적은 이유가 있다. 신중하기 때문이다. 상대가 어떤 사람인지 모르기 때문에 탐색한다. 나를 꺼내 보여도 이해해주고 받아줄 사람인지, 말을 막 던져도 괜찮은 사람인지 판단하느라 말을 하지 않는다. 괜히 말을 막 꺼냈다가 상대가 나를 이상한 사람이라고 생각하거나 나에 대해 오해할까 봐 말을 아낀다.

내향인은 처음 보는 상대에게 신중하게 접근한다. 말을 편하게 해도 되는 사람인지 판단이 설 때까지는 말을 아낀다. 그 기간이 다소 길다는 게 문제다. 한두 번 본다고 해서 판단이 끝나지 않는다. 여러 번 봐야 판단이 선명해진다. 탐색 기간이 길기 때문에 사람들이 오해한다. 부끄러움쟁이라 말이 없는 거라고.

외향인은 친하지 않아도, 처음 보는 사람에게 말을 잘 건넨다. 어느 때고 수다쟁이가 될 수 있다. 아무 말이나 막 던지면서 탐색한다. 이 말 저 말 던지며 어떤 사람인지 파악한다. 이런 말을 했을 때는 이렇게 반응하고, 저 말을 했을 때는 저렇게 반응하는 모습을 보며 내가 어느 선까지 말을 해도 되는지 그리고 얼마나 빨리, 얼마큼 가까 워질 수 있는지 판단한다. 머릿속으로 계산하면서 이 판단을 하는 게 아니다. 기질상 머릿속에서 자연스럽게 연산된다.

내향인은 반대다. 절대 아무 말이나 던지지 않는다. 오히려 내향인 은 말을 아낀다. 말을 하지 않는데 어떻게 상대를 판단하냐고? 일대 다수일 경우, 사람들이 주고받는 대화와 반응을 면밀히 관찰한다. 이 사람은 어떤 사람이고, 어떤 말에 어떻게 반응하는지 살핀다. 조용히 앉아서 사람들을 살피기 때문에 말을 하지 않는다. 아니 말을 못 하 는 거라고 봐야 한다. 파악하는 시간 동안 혼자 머리가 부지런히 돌 아가니 말할 정신이 없다. 물론 이 과정도 외향인과 마찬가지로 의도 적으로 일어나는 게 아니다. 일부러 그러려고 하지 않아도 머릿속에 서 자연스럽게 진행된다.

외향인은 상대를 파악하는 시간 동안, 자신이 던진 말에 상대가 어 떻게 반응하더라도 크게 개의치 않는다. 말실수를 하면 얼른 대응책 을 마련한다. 상대가 버럭 해도 어떻게든 무마하고, 상황을 해결한 다. 그러니 끊임없이 말을 내뱉을 수 있다.

반면 내향인은 상대를 파악하는 동안, 실제로 말실수를 하지 않았 는데도 혹여나 말실수를 했다는 생각이 들면 가슴이 철렁한다. 괜히 말을 해서 상대를 기분 나쁘게 하고, 상황을 안 좋게 만들었다고 자 책한다. 그런 경험이 있기도 해서 사람들과 대화할 때 더욱 말을 아 끼고, 심리적 거리를 두게 된다. 다른 사람들은 그저 내가 내성적인 사람이라고만 생각했는데, 옆집 형만 나의 특성을 정확히 파악했다. 그래서 더욱 나와 친해지고 싶다고 말했단다. 신중하고, 진중한 사람이라는 걸 알기에 어서 빨리 친해지고 싶다고 아내를 통해 말을 전해왔다. 몇 년 전 일이라 지금은 친한 사이가 되었지만.

내향인이라고 해서 얌전하거나 진중하기만 한 건 아니다. 내향인 중에도 장난기가 많고, 재미있는 사람이 많다. 마음을 열고, 친해지면 외향인 못지않게 장난꾸러기란 사실이 드러나는 내향인이 있다. 내가 그렇다. 나는 사람들과 친해지면 마음을 활짝 연다. 마음을 연 사람에게는 스스럼없이 농담을 던진다. 그런 내 모습에 지인들은 이런 사람이었냐며 놀란다. 이렇게 재미있는 사람인데 말을 왜 안 했냐고 반응한다. 난 신중한 사람이라 쉽게 마음을 열지 않으니 그럴 수밖에.

keypoint

내향인은 부끄러움이 많은 사람이 아니다. 신중하고 과묵한 사람이다. 사람들이 생각하는 것처럼 부끄러움을 가지고 있지만, 부끄러움이 많은 건 아니다. 내향인이 부끄러워하는 것처럼 보이는 행동 중 상당수는 신중한 태도에서 비롯된다. 내향인은 처음 보는 사람을 만나면 상대가 어떤 사람인지 모르니 말을 아낀다. 상대에 대한 파악이 끝날 때까지 말을 줄인다. 사람들은 그 모습을 부끄러워하는 거라고 오해한다.

생각 좀 하고
대답하겠습니다

"전 과장, 지시한 일은 다 처리했나?"

"네. 다 했습니다."

"그럼 자료 좀 가져와 봐."

(잠시 후)

"근데 이 부분은 왜 이런가?"

"어, 그건 말이죠…."(동공이 좌우로 심하게 요동친다.)

내향인이라면 이런 경험을 해봤을 것이다. 상대방의 질문에 순간

적으로 머릿속이 하얘지는 경험 말이다. 상대가 질문을 하고 빤히 쳐다보지만, 내향인인 우리는 눈만 껌뻑거릴 뿐 아무 말도 하지 못한다. 그런 우리 모습에 상대는 당황한다. 대답은 하지 않고, 오히려 거꾸로 답을 요구하는 듯한 눈빛으로 상대를 쳐다보니까. 우리는 뭐라고 말하려고 하지만 이내 입을 다문다. 머릿속에서는 수많은 생각이 떠돌지만, 꿀 먹은 벙어리가 된다. 하고 싶은 말이 나오지 않는다. 상대는 '어서 대답해 줘'라는 눈빛을 보내며 재촉하지만, 우리는 계속 어버버한다. 갑자기 머리가 하얗게 된다.

내향인이 말을 하지 못하는 이유는 할 말이 없어서가 아니다. 당황해서도 아니다. 머릿속에 할 말은 있지만, 정리가 안 되기 때문이다. 대답에 필요한 단어가 머릿속에 마련되어 있지만, 점점이 흩어져 있는 단어들이 얼른 조합되지 않기 때문이다. 생각이 문장으로 얼른 만들어지지 않기 때문이다. 혹은 무슨 대답을 해야 할지, 대답에 필요한 정보가 머릿속에 있지만 대답하는 데 사용할 적당한 단어가 떠오르지 않기 때문이다. 외국인이 말을 걸어왔을 때 상황과 비슷하다.

외국인이 "익스큐즈 미" 하며 우리에게 말을 걸고 뭐라 물었다고 치자. 질문 내용은 이해했고, 어떤 답을 해야 할지도 떠올랐다. 하지만 뭐라 답해야 할지 머리를 아무리 회전시켜도 문장이 만들어지지 않는다. 도무지 말문이 열리지 않는다. 내향인이 처한 상황이 바로 이와 비슷하다.

이런 내향인의 모습을 보며 외향인은 오해한다. 말을 잘 못 하는 사람으로 말이다. 우리도 답답하기만 하다. 우리도 얼른 대답하고 싶다. 할 말이 있긴 하지만 출력이 안 되니 답답하다. 유려한 대답은 둘째치고, 일단 상대방의 질문에 필요한 단어만이라도 던지고 싶다. 외향인이라면 완벽한 형태의 문장이 아니라도 대답했을 것이다. 어순이 맞지 않더라도 대충 주어와 서술어만 맞춰서 대답했을 것이다. 영어를 잘 못하는 우리나라 사람이 필요한 단어만 대충 조합해서 외국 사람에게 의사 전달을 하듯이 말이다.

하지만 내향인은 그렇게 못한다. 내향인은 문장력을 중요시한다. 필요한 단어만 툭 던질 수 없다. 최대한 어색한 곳이 없게 다듬어야 한다. 다듬고 다듬어서 대답해야 한다. 문장이 조금이라도 어색하면 안 된다. 절대 그렇게 대답할 수 없다. 그렇게 대답하기 싫다. 왜냐, 그러면 말을 잘 못 하는 사람으로 비칠까 봐서다. 어딘가 모자란 사람처럼 보일까 봐 완벽한 문장으로 대답해야 한다. 그렇게 대답하려고 해서 도리어 모자란 사람으로 비치는데도 말이다. 그걸 알지만, 그래도 안 된다. 완벽한 문장으로 대답해야 한다. 대충이라도 대답할 수 없다. 그건 만족스럽지 못하다.

"확인해 보고 말씀드리겠습니다."

회사에서는 이렇게 대답하면 적당히 넘어갈 수 있다. 물론 0.1초 내로 상황을 판단하고, 이렇게 대답해도 될 때만 말이다.

지인들과 대화하는 중이라면 대충 얼버무려도 된다. 굳이 완벽한 문장을 만들 필요가 없다. 하지만 '내향인의 단어 검색 버퍼링'으로 인해 그러기 힘들다. 그리고 '내향인의 완벽주의'로 인해 그런 대답을 하기 싫다. 괜히 자존심 상한다. 자기만족을 위해, 완벽한 문장으로 대답하고 싶다. 그러다 타이밍을 놓쳐서 대답하지 못하거나 말을 할 줄 모르는 듯, 결국 어딘가 모자란 사람으로 비쳐도 상관없다. 누군가에게 질문을 받았을 때 나도 빨리 대답하고 싶다. 하지만 그게 잘 안 된다. 모든 질문에 그런 건 아니다. 그럴 때가 있다는 말이다. 그렇다고 빨리 대답할 수 있을 정도로 연습을 해볼 수도 없다. 다양한 상황을 설정하고 대본을 만들어서, 연극배우처럼 계속 연습해본다고 한들 그리 나아질 것 같지도 않다. 이건 연습의 문제가 아니라 성향의 문제니까. 물론 머리를 빨리 굴리고, 말을 내던지는 연습을 하고 또 하면 출력 속도가 조금은 빨라지겠지. 하지만 연습으로 나아지더라도 굳이 연습까지 하고 싶지는 않다. 그런 상황이 자주 발생하는 건 아니니까. 그리고 연습하는 게 피곤하니까.

내향인은 '마음속 수다쟁이'다. 내향인은 자신의 생각을 입으로 말하기보다 머릿속에서 말하길 즐겨한다. 입으로 말을 할 줄 몰라서가 아니다. 단어 검색이 어렵기 때문이다. 아니 어렵다기보다 말하는데, 필요한 단어를 고르는 데 시간이 오래 걸린다. 그리고 그 단어를 문장으로 만드는 데에도 시간이 걸린다. 내향인은 문장을 만들었어도 두서없으면 내뱉지 않는다. 상대방이 단번에 이해할 수 있는 명료한 문장을 만들었을 때만 말을 한다.

외향인은 내향인의 이런 내막을 모르니 말을 잘 못 하는 사람이라고 오해하게 된다. 둔한 사람이니, 말을 잘 못 하는 사람이니 하고 말이다. 그런 게 아닌데, 머릿속은 정말 바쁘게 돌아가는데 말이다. 내향인에 대한 오해가 이 글을 통해 조금이라도 풀리길.

keypoint

내향인은 문장력을 중요시한다. 상대가 던진 질문에 절대로 떠오르는 말을 날 것 그대로 내뱉지 않는다. 필요한 단어만 툭 던지지 않는다. 문장을 최대한 논리적으로 구성하고, 윤문 과정을 거친 후에 내뱉는다. 문장이 조금이라도 어색하면 안 된다. 왜냐, 그러면 말을 잘 못 하는 사람으로 비칠까 봐서다. 어딘가 모자란 사람처럼 보일까 봐 완벽한 문장으로 대답하는 걸 선호한다.

말보다
글이 편합니다

"우리 카톡으로 대화할까?"

말수가 적은 나를 놀려먹으려고 지인이 한 말이다. 이 말은 주로 나를 포함해서 서너 명이 모인 자리에서 나온다. 마주 앉아 있으면서 카톡으로 대화하자니, 이게 무슨 말인가.

나는 여러 사람이 모인 자리에서는 말을 잘 하지 않는다. 여러 사람이 모인 자리에서 말 대신 주특기를 발휘한다. 리액션 말이다.

"하하", "맞아, 맞아", "흠…", "그래?", "그렇군", '(고개를) *끄덕끄덕*'

뼛속까지 내향인이지만 잘살고 있습니다

말은 거의 하지 않고 연신 리액션만 시전한다. 그렇다고 말을 아예 안 하는 건 아니다. 하긴 하지만 가뭄에 콩 나듯 할 뿐이다.

오프라인에서는 조용한 나이지만, 메신저에서는 요란하다. 말이 꽤 많다. "하하, 호호" 대화에 적극적으로 참여한다. 가까운 지인이라면 이런 나를 꿰뚫고 있으니 여럿이 대화를 나눌 때 나를 골리려고 저런 농담을 던진 것이다.

나는 입이 느린 대신 손가락은 빠르다. 오프라인에서 사람들과 대화할 때는 침묵이 금인 듯 말을 아끼지만, 온라인에서는 아끼지 않는다. 아니 덜 신경 쓴다고 하는 게 정확한 말이다.

똑같은 대화인데 오프라인과 온라인에서의 모습이 차이 나는 이유가 몇 가지 있다. 우선 오프라인에서는 생각의 속도가 대화 속도를 따라잡지 못하기 때문이다.

나는 생각이 느리다. 생각을 넓고 깊게 한다는 말이다. 어떤 주제가 화두로 떠오르면 그것과 관련해서 여러 생각을 한다. 외향인이라면 떠오르는 생각을 모조리 입 밖으로 내던지겠지만, 내향인은 다르다. 계속 생각하고 분석한다. 이리 살피고 저리 살핀다. 그 사이 대화는 다른 주제로 넘어간다. 이런 상태가 반복되니 대화에 참여할 새가 없다.

내향인은 상황에 예민하다. 대화 상대를 끊임없이 살핀다. 말을 두어 마디 할라치면 너무 많이 말한 건 아닌지, 대화를 독점하는 건 아닌지 자기반성을 한다. 한두 마디 말을 한 후에 사람들의 표정이 이상하면 말실수를 한 건 아닌지, 사람들 기분을 상하게 한 건 아닌지 지레짐작하고 미안해한다. 그래서 내향인인 나는 머릿속에 어떤 생각이 떠오르면 늘 고민한다. 이 말을 해도 될지 말지를. 이러니 오프라인에서는 말수가 적어질 수밖에. 하지만 온라인에서의 상황은 전혀 다르다.

온라인에는 말을 막는 제동 장치가 없다. 얼굴을 마주하고 있지 않으니 사람들의 표정과 반응을 감지할 수 없다. 내가 쓴 글에 사람들이 직접적으로 반응하지 않으면 어떻게 받아들였는지 알 수 없다. 사람들을 살필 수 없으니, 사람들을 신경 쓰지 않아도 되니 머뭇거리지 않고 글을 투척할 수 있다.

오프라인과 온라인에서 대화하는 방식이 다른 결정적인 이유가 있다. 나는 말보다 글이 편하다. 생각을 말로 옮기는 것보다 글로 옮기는 게 더 익숙하고 빠르다. 말하자면 나에게는 글이 말이라고 할 수 있다.

나는 말을 하려면 우선 생각이 정리되어야 한다. 생각이 정리되지 않으면 말이 나오지 않는다. 내가 입으로 한마디 하면, 그 말은 머릿속에서 수많은 생각을 한 후에 나온 것이다. 생각을 최대한 빠르게 정리한 후에 내뱉은 것이다. 하지만 그런 경우는 많지 않다. 대부분은 정리 과정이 길다. 그 과정이 길어지면 길어질수록 침묵도 길어진다. 나는 생각이 정리되지 않은 상태에서 말을 하면 두서없다. 우왕좌왕한다. 그래서 가능한 한 생각을 정리한 후에야 말을 하려고 한다. 그러다 보니 출력이 느리다.

글을 쓸 때는 생각이 빠르다. 머릿속 정리가 금방 된다. 일부러 한 건 아니지만, 오랜 시간 연습을 한 탓이다. 블로그에 오랜 시간 글을 써왔기 때문에 생각하며 글을 쓰고, 글을 쓰며 생각하는 과정이 익숙해졌고, 능수능란하게 되었다. 그러다 보니 자연스럽게 메신저로 대화할 때도 말이 많아지게 된다. 어쨌든 메신저도 글로 대화하는 것이니까. 말보다 글이 익숙한 건 연습이나 습관 때문이긴 하지만 그것 때문만은 아니다. 근본적으로는 내향인의 특징이라고 할 수 있다.

내향인에게 글은 가장 편한 친구와 같다. 어떤 말이든 쏟아낼 수 있는 유일한 친구다. 그래서 내향인은 생각을 머릿속에 가둬놓기보다 글로 남기는 걸 좋아한다. 나 말고 아무도 볼 수 없는 일기로 남기든, 누구나 볼 수 있는 블로그에 남기든 생각을 글로 남기는 걸 선호한다. 글은 내향인과 호흡이 척척 맞으니까.

생각을 글로 쓰는 건 내향인에게 일종의 대화이다. 자신과 종이, 혹은 키보드와 나누는 대화 말이다. 내향인은 글을 쓰며 여백과 대화를 나눈다. 여백에 한 자 한 자 새기는 과정은 말하는 행위이고, 내가 쓴 글을 읽는 과정은 듣는 행위이다. 내향인은 쓰고 읽으면서 여백 그리고 글과 대화하는 셈이다.

글을 쓸 때는 어느 누구와 마주하지 않아도 된다. 글을 쓸 때는 오로지 흰 여백만 마주할 뿐이다. 여백을 마주하면 다른 사람을 마주하며 겪게 되는 피곤한 일들을 겪지 않아도 된다. 글쓰기는 이 점이 가장 매력적이다.

여백은 내가 무슨 글을 쓰든 이러쿵저러쿵하지 않는다. 아무 생각이나, 두서없이 막 쏟아 놓아도 그저 다 받아 줄 뿐이다. 또한 여백은 하얀, 늘 환한 모습만 보여준다. 기분을 살피지 않아도 된다. 나 때문에 기분이 나쁜지 신경 쓸 필요가 없다. 게다가 여백은 인내심이 있다. "빨리 말해!"라고 채근하지 않는다. 내가 말하기도 전에 다른 주제로 말을 걸어오지도 않는다. 내가 아무리 오래 생각을 해도 잠자코 있는다. 생각을 정리하고 마침내 글을 쓸 때까지 조용히 기다려준다. 이러니 말보다 글쓰기를 선호하고 편하게 느낄 수밖에 없다.

"카톡방 만들까?"

이번에는 내가 지인들한테 던진 말이다. 지인들은 가끔 내게 "두표야, 왜 이렇게 조용해? 너도 말 좀 해"라고 말한다. 그러면 나는 웃으면서 저렇게 말한다. 그리고 이렇게 덧붙인다.

"카톡으로 대화하면 나도 말 많이 할 텐데."

우스갯소리이긴 하지만 진심도 어느 정도 섞여 있다. 하지만 서로 얼굴을 마주 보면서 어떻게 메신저로 대화하겠는가. 그런데 솔직히 한 번쯤은 그렇게 대화해보고 싶다. 여러 명이 둘러앉아서 말은 한마디도 안 하고 메신저로 대화하면서 킥킥대면 정말 볼만하겠다.

keypoint

내향인은 글쟁이다. 말보다는 글로 자신의 생각을 표현하는 걸 좋아한다. 말로 대화하기보다 문자로 대화하는 게 편하다. 말로 대화할 때는 이것저것 신경 쓰여서 적시에 할 말이 출력되지 않는다. 반면 글로 대화할 때는 생각할 시간이 충분하다. 생각을 글로 쓰는 건 내향인에게 일종의 대화이다. 자신과 종이 혹은 키보드와 나누는 대화 말이다. 내향인은 글을 쓰며 여백과 대화를 나눈다. 여백에 한 자 한 자 새기는 과정은 말하는 행위이고, 남겨진 글을 읽는 과정은 듣는 행위이다. 내향인은 쓰고 읽으면서 여백, 그리고 글과 대화하는 셈이다.

다른 방식으로
싸웁니다

내향인과 외향인은 싸우는 방식이 다르다. 내향인은 평소에 아무 말 하지 않는다. 겉만 보면 상대에게 불만이 없어 보인다. 하지만 어느 순간 돌연 화를 낸다. 불만과 화를 평소에는 꾹꾹 눌러놓다가 한계치에 다다르면 터트린다. 당하는 상대 입장에서는 무척 당황스럽다. 아무 예고 없이 주먹이 날아오니까. 준비도 없이 카운터 펀치를 맞은 셈이니까. 이유도 모른 채 맞으니 어안이 벙벙하다. "갑자기 왜 저러는 거야?" 무척 당황스럽다.

상대방 입장에서는 경고도 없이 선전포고를 받은 셈이지만, 내향인은 그전에 수없이 기회를 준다. 다만 상대방이 그 신호를 알아채지 못할 뿐이다. 말로 그러지 말라고 얘기하기도 한다. 바라는 바를 알려주기도 한다. 혹은 잘못되거나 싫어하는 행동을 상대방이 하더라도 몇 번은 눈감아 준다. 상대방이 그 기회들을 모두 걷어찰 때, 참고 참다가 마침내 터트린다. 더 이상 기회를 줘봤자 소용없다고 판단했으니까.

내향인이 폭탄을 던지긴 했지만, 나름 예의를 갖춘다. 화를 내더라도 차분하게 말한다. 소리 지르지는 않는다. 원체 차분한 성격이고, 다른 사람 기분을 의식하는 예민함 때문에 웬만해선 소리를 크게 내지 않는다. 아무리 화가 나도 참는다.

내향인도 제대로 화가 나면 소리를 지를까? 물론 사람이기 때문에 화가 나면 감정에 사로잡혀 소리를 지르기는 한다. 화가 머리끝까지 나면 소리 지르기도 하지만, 고래고래 지르지는 않는다. 한두 번 지르고 마는 정도다. 최대한 화를 참는다. 잠깐 소리를 지르고 더 이상 말을 하지 않는다. 왜? 감정이 치솟고, 이성이 마비됐으니까. 할 말이 떠오르지 않기 때문에 말을 길게 하지 않는다. 더 이상 말을 할 수 없는 상태이니 이성을 잃기 전에 대화 중단을 선언한다. 그러고 나서 동굴 속으로 들어가 긴 동면에 빠진다.

반면 외향인은 화가 나면 그때그때 쏟아낸다. 내향인처럼 긴긴 시간 동안 마음에 담아두지 않는다. 사소한 건 시원하게 넘어가고 잊지만, 화를 낼 만한 사안은 꼭 따지고, 화를 나고야 만다. 내향인이 보기에 그때그때 화를 내는 모습이 미성숙해 보이지만, 대신 깔끔하다. 속에 있는 걸 다 끄집어낸다. 마구잡이로 끄집어내기 때문에 말은 두서가 없고, 목소리는 크다. 생각하며 말하는 게 아니라, 떠오르는 걸 바로바로 쏟아내기 때문에 상대가 차분하게 따지는 내향인이라면 말문이 막히기도 한다. 그렇다고 기가 꺾이지는 않는다. 바닥이 드러날 때까지 할 말을 쏟아붓는다.

외향인은 내향인과 달리 소리도 마구 지른다. 일부러 소리를 지르고 화를 내는 게 아니다. 감정을 주체 못 해서 자신도 모르게 터져 나올 뿐이다. 통제가 안 되는 거다. 소리 지른다고 해서 상대에 대한 부정적인 감정에 사로잡힌 건 아니다. 그저 화가 났을 뿐이다. 외향인은 부정적인 감정을 지금 다 쏟아내고, 싸움을 오늘 끝내야 한다. 내일까지 가져가기에는 마음이 불편하다. 그래서 내향인이 동면을 취하면 너무 답답하고 이해가 안 된다. 왜 부정적인 감정을 며칠 동안 담고 있는지 말이다.

예전에 지인이 내게 고민을 털어놓았다. 당시 그는 결혼 4년 차였는데, 아내가 자주 싸운다고 했다. 자신은 화가 나면 그날 감정을 다 쏟아내고 풀고 싶은데, 아내는 감정을 참고 말을 하지 않는다고 했다. 그래서 답답하다고 말했다. 우리 부부와 정반대구나 싶었다. 지인처럼 아내는 그날 화를 풀어야 하는 성격이다. 반면 나는 일단 감정부터 가라앉혀야 한다.

지인에게 우리 부부에 대해 말해주었다. 아내는 외향인이고, 나는 내향인이다. 둘이 싸우면 아내는 외향인답게 그 자리에서 풀어야 하고, 나는 시간이 필요하다. 아내는 싸우고 난 후 생기는 불편한 감정을 다음 날로 넘기고 싶어 하지 않는다. 다음 날로 넘기면 풀 때까지 내내 불편한 상태로 있어야 하니까. 그래서 왜 그런 거냐고 내게 계속 묻는다. 어떻게든 그 자리에서 풀려고 애쓴다.

반면 나는 싸우면 그 순간에 다 풀지 못한다. 일단 자리를 피한다. 흥분한 감정을 삭여야 하니까. 복잡한 머릿속을 정리해야 하니까. 하루가 걸리든 이틀이 걸리든 아니면 그 이상이 걸리든 감정이 차분히 가라앉지 않으면 대화하기 힘들다. 그래서 싸우는 와중에 아내에게 말한다. 화가 가라앉으면 다시 대화하자고 말이다. 내 말에 아내는 반대한다. 지금 당장 풀자고 말이다. 나는 다시 말한다. 그럼 대화가 되지 않으니 생각을 정리하고 다시 말하고 답한다.

결혼 초반에는 이 문제로 서로 힘들었다. 이 문제를 해결하기 위해 종종 평소에 서로의 차이에 대해 대화를 나눴다. 서로의 방식을 존중하되 다만 간극을 좁히자고 말이다. 말뿐이 아니라 실제로 서로 노력했다. 아내는 나를 기다려주고, 나는 그날 풀기 위해 노력했다. 그 노력이 결국 빛을 발하게 되었다. 몇 년 걸리긴 했지만.

지인이 내 얘기를 듣고 수긍했다. 자신도 노력해 보겠다고 말했다. 정말 노력했는지, 지금은 싸우지 않는지 확인해 보지는 않았다. 남의 부부 일에 감 놔라 배 놔라 할 수는 없으니까.

keypoint

내향인과 외향인은 싸우는 방식이 다르다. 내향인은 싸우면 우선 생각을 정리해야 한다. 생각이 정리되지 않으면 말문이 막히고, 대화를 할 수가 없다. 생각을 정리하면서 솟아오른 감정도 가라앉힌다. 생각이 정리되고, 감정이 가라앉은 후에야 문제를 풀어나갈 수 있다. 반면 외향인은 그 자리에서 해결해야 한다. 생각이 뒤죽박죽이고, 흥분한 건 중요하지 않다. 말을 뱉고, 감정을 밖으로 쏟아내며 생각을 정리하고, 감정을 가라앉힌다. 서로의 차이를 알고, 접점을 찾으면 둘 사이의 거리를 좁힐 수 있다.

내향인이 갈등을
해결하는 방식

아내와 나는 달라도 너무 다르다. 일단 아내는 외향인이고, 나는 내향인이다. 이 자체로 우리는 완전히 다르다는 걸 보여준다. 아내는 소개팅 자리에서 나를 보자마자 내향인임을 알아채고 고민했다고 한다. 내가 애프터를 청하면 더 만나볼지, 그리고 고백을 하면 사귈지 말이다. 김칫국 먼저 마신 건 둘째치고, 둘이 너무 달라 보이니 취향이나 대화 등 여러 면에서 부딪힐까 봐 고민했다고 한다. 그래서 아내는 처음 만난 날 내게 취미가 뭐냐고 물었고, 책을 좋아한다고 대답하니 대뜸 이렇게 물었다.

"책 좋아하는 사람들은 여자 친구와 같은 책을 함께 읽고, 서로 느낀 걸 나누고 싶어 하지 않나요? 근데 저는 책 안 좋아해요."

우리는 서로 취향이 다르니 그래도 사귀고 싶으면 알아서 하라는 뜻이었다. 아내의 말에 나는 이렇게 대답했다.

"괜찮아요. 저 혼자만 읽어도 돼요. 제가 책을 좋아한다고 해서 꼭 여자 친구와 같은 책을 함께 읽어야 하는 건 아니니까요. 제가 책 읽는 걸 싫어하지만 않으면 돼요."

진심이었다. 나도 그런 로망이 있긴 하지만, 같이 안 읽어도 그만이다. 혼자 책을 탐독하는 것만으로도 행복하니까. 내 대답에 아내는 서로 다르긴 하지만, 이런 생각을 하는 사람이라면 서로 맞춰갈 수 있겠구나 생각했다고 한다.

우리가 서로 맞지 않을 거라는 아내의 첫 예상은 빗나갔고, 내 대답을 듣고 난 후에 한 생각이 맞았다. 우리 둘은 의외로 잘 맞았다. 아니 서로 잘 맞춰나갔다고 보는 게 옳다. 다른 부분이 많았지만, 서로 양보해 가며 톱니바퀴가 맞물려 돌아가듯이 별다른 마찰 없이 연애 기간을 보냈다.

하지만 "연애와 결혼은 완전히 다르다"는 결혼 선배들의 조언은 명언이자 진리였다! 연애 때는 한 번도 싸우지 않았는데, 결혼하고 나서는 자주 티격태격했다. 그렇다고 허구한 날 싸운 건 아니다. 다만 어김없이 한 달에 한 번씩 투닥거리를 했다.

결혼은 정말 현실이다. 연애 때는 문제가 되지 않던 부분이 결혼하고 나서는 말썽의 원인이 되었다. 가장 큰 골치는 서로 갈등을 해결하는 방식이 다르다는 데 있었다.

아내는 문제를 당장 해결해야 한다. 문제가 터진 즉시 말이다. 아내는 자기 안에 있는 생각과 감정을 전부 쏟아내야 하고, 상대의 생각과 감정을 전부 들어야만 한다. 상대가 아무 말도 하지 않고 꿍해 있는 걸 못 봐준다.

나는 정반대다. 감정이 상하면 일단 정리해야 한다. 흐트러진 생각을 정리하고, 격앙된 감정을 추슬러야 한다. 반드시 이 과정을 거쳐야 한다. 우선 내부 문제를 수습해야 한다. 그러지 않으면 외부 문제를 결코 수습할 수 없다. 그래서 나는 항상 누군가와 갈등이 생기면 생각과 감정을 정리하기 위해 뒤로 물러선다. 혼자만의 시간을 가지려 한다.

우리는 서로 달랐지만, 결혼 초기에 그 차이점을 인지하지 못해서 마냥 답답해했다. 다툼의 원인 때문에 답답해한 게 아니라 서로의 차이로 답답해했다. 각자 '왜 저 사람은 문제를 바로 해결하지 않고 피하기만 할까', '왜 아내는 정리할 시간을 조금도 주지 않고 당장 해결하려고만 할까'라고 생각하며 속으로 애태웠다.

사람들이 갈등을 해결하는 방식은 크게 2가지가 있다. '즉각 해결형', '거리두기형'이다. 이런 성향의 사람에게는 이런 방식이 나타나고, 저런 성향의 사람에게는 저런 방식이 나타난다고 딱 잘라 말하기는 힘들다. 내향인 중에 즉각 해결형도 있고, 거리두기형도 있다.

마찬가지로 외향인 중에도 즉각 해결형도 있고, 거리두기형도 있다. 다만 지금까지 내가 만난 내향인과 외향인을 놓고 봤을 때 내향인 중에는 거리두기형이 많았고, 외향인 중에는 즉각 해결형이 많았다.

내향인은 갈등이 발생하면 바로 해결하기 힘들다. 일단 상대와 일정 거리를 두어야 한다. 자신의 내부에 발생한 소용돌이를 잠재워야 하니까. 가장 먼저 생각과 감정을 정리해야 한다. 생각과 감정을 정리하려면 혼자만의 시간이 필요하다. 혼자 시간을 가지며 차분히 생각을 정리하는 동안 감정도 가라앉는다. 문제가 발생한 자리에서 해결하려고 하면 생각이 점점 꼬이고, 감정은 상한다. 내부의 문제가 해결되지 않으면 갈등을 해결할 수 없다. 내향인에게 반드시 시간을 줘야 한다. 그래야 문제를 해결할 수 있다. 숨지 말라고 몰아세우면 해결은 더욱 뒤로 미뤄진다.

외향인은 해결이 급선무이기 때문에 생각할 시간은 필요 없다. 말하면서 생각하면 되니까. 떠오르는 말을 내뱉고, 상대의 말을 들으며 생각을 정리한다. 감정을 담아두면 점점 커진다. 그 자리에서 분출해야 감정이 가라앉는다. 외향인은 해결을 미루면 병이 난다. 답답해서 잠을 못 잔다. 그러니 날이 새기 전에 문제를 해결해야 한다.

외향인과 내향인의 차이는 맞고 틀리고의 문제가 아니다. 다르기 때문에 서로 이해해주어야 할 문제다. 그리고 서로의 차이를 어떻게, 얼마큼 좁혀 나갈지 고민해야 할 숙제다. 하지만 많은 외향인과 내향인이 이러한 서로의 차이를 인지하지 못한 채 상대방을 배려심이 없거나 막무가내라고만 생각한다. 상대의 갈등 해결 방식을 파악하고 이해하지 않으면 갈등 해결은 난제가 되고 만다.

우리 부부는 서로 다르다는 사실을 뒤늦게야 인지하고, 그 사실을 깨달은 시점부터 서로의 차이를 파악하는 데 집중하기 시작했다. 갈등이 벌어질 때 왜 문제가 생겼는지도 따져보긴 했지만, 서로 어떻게 다른지 이야기 나눴고, 그 차이를 어떻게 좁혀 나갈지를 머리를 맞댔다.

우리는 그간의 노력으로 서로 어떻게 다른지 많이 알게 됐고, 차이를 이해하며 용납하게 됐다. 하지만 아직 부족하다. 서로 더 이해해야 한다. 기질(덧대어 남녀 차이)로 인한 둘의 간격을 종이 한 장 두께만큼 줄이기 위해 더 노력해야 한다. 그래야 서로 더 사랑하고, 마음 편히 살 테니까. 노력하다 보면 언젠간 상대를 더 이해하고, 지금보다 더 용납하는 날이 올 거라 믿는다.

keypoint

내향인은 다른 사람과 갈등을 겪으면 일단 숨는다. 문제를 피하는 게 아니다. 내부에 발생한 소용돌이를 잠재우기 위해서다. 내부 문제를 해결하지 않으면 외부 문제를 해결할 수 없으니까. 먼저 엉킨 생각을 정리해야 한다. 생각을 정리하면 부풀었던 감정이 가라앉는다. 외향인은 내향인과 정반대로 갈등을 해결한다. 문제를 즉시 해결하려고 한다. 문제를 해결하기 위해 말과 감정을 밖으로 쏟아낸다. 서로의 차이는 맞고 틀리고의 문제가 아니다. 그저 다를 뿐이다. 서로 다르다는 사실을 이해하고 용납하면 서로의 갈등을 좀 더 쉽게 해결할 수가 있다.

뼛속까지 내향인이지만 잘살고 있습니다

세 명까지는 깊은 대화를 할 수 있습니다

숫자 '3'에는 많은 비밀이 담겨 있다. 그 비밀을 아는가? 3은 동서 고금을 막론하고 완벽한 숫자로 꼽힌다. 1은 혼자이기 때문에 불완전하다. 2는 둘이기 때문에 안정적이다. 3은 더하거나 뺄 것이 없기 때문에 완전하다. 성경에서 하나님은 성부, 성자, 성령 셋으로 존재한다. 기독교의 가장 중요한 미덕은 믿음, 소망, 사랑이다. 게르만 신화에 나오는 최초의 신은 오딘(Odin), 빌리(Vili), 베(Ve)다. 이 삼 형제가 우주를 창조했다. 그리스 신화에서 제우스(Zeus)는 하늘을 다스리고, 하데스(Hades)는 지하세계를, 포세이돈(Poseidon)은 바다를 다스리며 천하를 삼등분했다. 이처럼 3은 고대부터 중요하고, 완벽한 숫자로 통했다. 고대뿐이랴. 오늘날에도 이 사실은 변하지 않았다.

우리는 하루에 삼시 세 끼를 먹는다. 물체는 액체, 고체, 기체로 상태가 구분된다. 가위바위보는 삼세판을 한다. 우리 조상님들은 더위를 초복, 중복, 말복, 삼복(三伏)으로 구분했다. 우리나라의 이름은 성과 이름, 3글자로 구성된다. 시대와 나라를 떠나서 3은 우리에게 매우 친숙하고, 중요한 한 숫자다.

숫자 3은 나에게도 매우 친숙하고 중요하다. 왜냐하면 나는 세 명까지는 깊은 대화를 나눌 수 있으니까. 나는 일대일에 강하다. 대화 상대로 한 명을 가장 선호한다. 부담이 없으니까. 대화하면서 상대를 지나치게 신경 쓰지 않아도 되니까. 아니 한 명에게만 집중하면 되기 때문에 에너지 소모가 덜하다. 눈치를 보지 않아도 되니 편하게 대화를 나눈다. 줄줄줄 말하는 수다쟁이가 된다. 지인들이 그런 내 모습을 보면 의외라고 생각할지도 모르겠다.

대화 인원은 세 명까지도 부담이 없다. 한 명은 당연하고 세 명까지도 깊은 대화를 나눌 수 있다. 살짝 부담스러운 면이 있긴 하지만, 그래도 마음 편히 대화 나눌 수 있는 한계 인원이 세 명이다. 세 명까지도 수다쟁이가 될 용의가 있고, 실제로 대화 상대가 누구냐에 따라서, 그리고 대화 주제에 따라서 수다쟁이가 되기도 한다. 속 깊은 애기를 편히 나눌 수 있다. 인원이 적어서 말실수하지는 않았는지, 두 사람이 내 말에 거북해하지는 않는지와 같은 쓸데없는 걱정을 한결

적게 한다. 그러니 마음 편히 속 얘기를 꺼낸다.

사람이 많아지면, 세 명이 넘어가면 정신이 산만해진다. 말 한마디 할라치면 다른 사람이 말할 타이밍에 끼어드는 건 아닌가, 이 말을 하면 누군가 싫어하지는 않을지 괜히 고민한다. 말을 하고 나서 사람들의 반응을 살피고 괜히 말했나 후회하기도 한다. 그뿐이랴. 쉴 새 없이 쏟아지는 말소리에 정신이 없다. 듣고 생각하고 소화하느라 바쁘다. 대화를 듣고만 있어도 피로가 쌓인다. 입이 많으니 마치 전쟁터에서 여기저기 폭탄이 터지듯 말이 예상치 못한 사람에게서 터져 나오니까. 쏟아지는 말들을 전부 다 흘려들을 수는 없으니, 대충 몇 마디라도 들으려면 집중해야 한다. 집중하는 순간 에너지가 소모되고, 그 상태를 유지하면 점점 체력이 고갈된다. 게다가 한마디라도 할라치면 잠시 말이 끊긴 틈을 노려야 한다. 틈을 보려면 계속 신경 쓰고 있어야 하니 피곤하다. 그러니 속 깊은 얘기를 꺼낼 틈이 없다. 주입되는 정보를 처리하기도 바쁜데 속 깊은 얘기가 웬말이겠나.

그래서 나는 세 명이 넘어가면 전지적 관찰자 시점으로 자동 전환한다. 네 명 이상이 모이면 말을 거의 하지 않는다. 대화 내내 주로 듣기만 한다. 굳이 내가 말을 하지 않아도 대화가 자연스럽게 이어지니까. 한마디 보태지 않아도 사람들이 대화하는 데 지장이 전혀 없으니까. 그래도 아예 말을 안 하면 사람들이 나를 자꾸 신경 쓰고니까 배려 차원에서 아주 가끔 말을 던진다. 내가 말을 아예 안 하면 사람들이 자꾸 나에게 말을 붙인다. 그럼 나도 사람들이 신경 쓰여서 피곤해진다. 또 말을 걸지나 않을까, 계속 신경 쓴 나머지 스트레스를 받는다. 그래서 사람들이 나에게 발언권을 주기 전에 대화 중간에 양념을 치듯 말을 던진다. 그런 나의 노력을 사람들이 눈치채지 못한 채 말을 하지 않는다고 생각하는 게 문제지만 말이다.

keypoint

내향인은 일대일 대화를 가장 선호하고, 세 명까지도 좋다. 세 명까지는 상대의 반응을 그리 신경 쓰지 않아도 되니까, 편하게 대화할 수 있으니까. 편하게 대화할 수 있으니 깊은 대화까지 나아갈 수 있다. 반면 네 명부터는 힘들다. 대화를 듣고만 있어도 피곤하다. 나를 제외한 나머지 세 사람을 신경 써야 하니까. 내 말 한마디에 사람들이 어떻게 반응할지 신경 쓰게 되고, 신경 쓰다 보니 예민해지고 피곤해진다. 그래서 네 명부터는 속 깊은 얘기를 못 한다.

뼛속까지 내향인이지만 잘살고 있습니다

혼자 일할 때
능률이 오릅니다

전에 다니던 회사는 팀 단위로 업무를 진행했다. 팀이라고 해봐야 하나뿐이라 팀이라고 부르기도 뭣하지만, 어쨌든 업종 특성상 팀원 간 협업으로 업무 결과물을 만들어 냈기 때문에 때론 경쟁이 치열했다. 경쟁 구도 속에서 화합을 이루었다.

나도 맡은 업무를 완수하기 위해 치열하게 경쟁했다. 하지만 퇴사할 때까지 팀원들을 뛰어넘지는 못했다. 전부터 해보고 싶었지만, 한 번도 해보지 않은 업무를 맡았기에 남들보다 뒤처질 수밖에 없었다. 당시 하던 일은 해당 분야에 관한 지식과 정보가 축적되어야 일을 수월하게, 그리고 창의적으로 할 수 있었다. 하지만 나는 아직 지식과 정보가 백지상태라 이미 상당한 지식과 정보를 갖고 있던 팀원들을 따라잡는 게 쉽지 않았다. 무엇보다 팀 단위 업무 진행은 나와 맞지 않았다.

나는 혼자 일하는 게 좋다. 다른 사람의 지시와 확인을 받는 것보다 혼자 계획하고 처리해야 능률이 오른다. 그렇게 일을 해야 신속하고 정확하게 처리할 수 있다. 업무가 아무리 복잡하고, 난이도가 높아도 혼자 하면 어떻게든 감당한다. 능히 처리한다. 하지만 누군가의 지시를 받는다거나 협업하거나 경쟁이 붙으면 능률이 떨어진다. 일 처리가 늦어진다. 압박을 받으면 머리가 굳어지기 때문이다.

나는 압박받지 않고 자유로운 분위기와 상황에 놓였을 때 집중도가 높아지고, 창의성이 발휘되고, 능률이 오른다. 하지만 어떤 일을 그렇게 할 수 있을까. 프리랜서가 아닌 이상 그렇게 일하기는 힘들다. 아니 프리랜서라도 그렇게 일할 수만은 없다. 우리는 흔히 프리랜서라면 어느 누구의 눈치를 보지 않고 자유롭게 일할 거라고 생각한다. 그렇지 않다. 프리랜서도 프리랜서 나름이긴 하지만, 대개 클라이언트의 변화무쌍한 요구에 스트레스받고, 마감 시한으로 인해 압박받는다.

일이든 공부든 다른 무엇이든, 자유로운 환경에서 능률이 오르는 사람이 있는가 하면 압박을 받고 경쟁해야 능률이 오르는 사람이 있다. 전자는 내향인이고, 후자는 외향인이다. 물론 모든 내향인이 자유로운 환경을 지향하고, 모든 외향인이 압박받는 환경을 환영하는 것은 아니다. 내향인도 내향인 나름이고, 외향인도 외향인 나름이긴 하지만 보통 내향인은 혼자 일하는 걸 편하게 느낀다.

그렇다고 외향인은 혼자 일하는 걸 싫어한다는 말이 아니다. 내향인이든 외향인이든 다른 사람의 지시나 감시 혹은 압박을 피해, 누구의 눈치도 보지 않고 혼자서 편하게 일하고 싶어 할 것이다. 여기서 말하는 '혼자'는 그런 의미에서 혼자가 아니라 업무를 진행하는 동안 끊임없이 회의하고, 경쟁하는 것과 대비하여 누구와도 상의하지 않고 경쟁하지도 않은 채 홀로 계획하고 진행하며 결과를 내는 방식을 말한다. 알아서 하는 걸 뜻한다.

왜 내향인은 무언가를 혼자서 처리하고 싶어 할까? 왜 혼자 처리해야 능률이 오를까? 앞서 언급했듯이 경쟁 구도 속에서는 머리가 굳어지기 때문이다. 내향인은 심한 압박을 받으면 머리가 굳어 아무 생각도 하지 못하거나 생각이 느려진다. 일 처리를 제대로 못 한다. 내향인만 피 말리는 상황에서 머리가 하얘지는 건 아니겠지만, 적어도 내향인은 머리가 마비되는 증상이 더 오래간다. 그러니 할 수만 있으면 무엇이든 혼자 하는 걸 선호한다.

또한 내향인은 다른 사람과 소통하는 데에 피곤을 느낀다. 무언가에 집중하는 것만으로도 에너지가 소비되는데 다른 사람과 소통하거나 경쟁으로 인해 다른 사람을 신경 써야 한다면, 피로가 두 배 이상 쌓인다. 일하기도 전에 이미 지쳐 있으니, 일하는 데 당연히 능률이 떨어질 수밖에 없다.

그러니 내향인은 혼자 놔두어야 한다. 일이든 공부든 알아서 하게 해야 한다. 외부에서 아무리 압박하고, 해야 할 이유를 주입해도 스스로 납득할 수 없고 동의하지 않으면 내향인은 움직이지 않는다. 오히려 내향인은 압박을 받으면 무엇이든 하기 싫어진다. 관심 갖던 일도 압박받는 즉시 관심이 사라진다. 해야 할 동기가 내부에서 일어나야 관심이 생기고 마침내 움직인다. 그렇게 움직일 때는 집중력이 높아지고, 능률이 오른다. 외부에서 억지로 하게 할 때는, 해야 하니까 하긴 하지만 그 상황을 모면하기 위해 잠깐 집중할 뿐이다. 능률이 떨어지니 결과가 좋을 수 없다.

내향인은 자유로운 영혼이다. 함께 공부하고 함께 일해도 잘하지만 혼자 할 때는 더 잘한다. 단, 스스로 동기 부여가 될 때만 말이다. 그러니 내향인을 둔 상사나 부모라면 부하 직원을, 자식의 그런 성향을 파악할 필요가 있다. 빨리하라고 압박하고, 일과 공부 거리를 왕창 몰아준다면 해야 하니까 혼나지 않기 위해 어느 정도는 하겠지만, 원하는 대로 최선을 다하지는 않을 것이다. 그저 그런 결과물을 낼 것이다.

지금 다니는 회사에서 맡은 업무는 대부분 혼자 처리한다. 종종 다른 직원의 도움을 받긴 하지만, 경쟁은 아니다. 업무량이 늘어 혼자 처리하기 힘들어질 때 도움을 받는 것뿐이다. 업무 속도와 진행은 나혼자 계획하고 조율하고, 결과만 상사에게 보고한다. 전 직장과는 완전히 대비된다. 내 스타일과 딱 맞는다. 덕분에 회사에서 인정받으며 일을 하고 있다. 역시 나는 혼자 알아서 일해야 능률이 팍팍 오른다.

일뿐만 아니다. 무엇이든 편안한 분위기에서 해야 잘한다. 편안한 분위기를 만들려면 아무래도 혼자 있는 게 낫다. 아무리 편한 사람과 있어도 혼자 있을 때보다 편할 수는 없으니까. 그럼 프리랜서를 해야 할까? 아니지. 프리랜서를 할 만한 능력도 없거니와 설령 프리랜서를 하더라도 압박에 시달리면 능률이 떨어져 질 좋은 결과물을 만들어 내지 못하겠지. 쓸데없는 생각은 그만하고 지금 하는 일이나 열심히 하자. 지금 하는 일도 충분히 만족스러우니까.

keypoint

내향인은 혼자 일을 해야 능률이 오른다. 혼자 일할 때 집중도가 올라간다. 사람에게 에너지를 빼앗기지 않고, 이것저것 신경 쓰지 않으며 오롯이 일에만 몰입할 수 있기 때문이다. 내향인은 압박받지 않을 때 집중도가 올라가고 유의미한 성과를 낸다.

마음속
수다쟁이입니다

사람들은 나를 말수가 적은 사람이라고 생각한다. 맞다. 나는 말수가 적은 사람이다. 다수가 모인 자리에서 말이다. 그래서 모임에 참석하면, 사람들이 내게 먼저 말을 붙인다. 괜히 말을 걸어준다. 말을 너무 하지 않으니까. 하지만 사람들이 보는 모습은 나의 실체가 아니다. 나의 본모습은 사람들이 생각하는 것과 완전히 다르다. 나는 수다쟁이다. '마음속'으로 말이다. 나는 쉴 새 없이 떠든다. 입은 꾹 다물고 속으로만. 이러쿵저러쿵 혼자서 끊임없이 말을 한다. 청중은 없다. 아니다. 청중은 나 자신이다. 나는 나와 끊임없이 대화를 나눈다. 평소에 말고, 모임에서 말이다. 사람들은 내가 과묵하고 조용하다고 말하지만, 나는 정말 시끄러운 사람이다. 다시 한번 말하지만, 속으로만 말이다.

글 「생각 좀 하고 대답하겠습니다」에서 내향인들은 '마음속 수다쟁이'라고 이야기했다. 그 이유를 '단어 검색이 어렵기 때문'이라고 말했는데, 이 점에 대해 조금 더 자세히 설명해 보겠다.

내향인이 마음속으로 혼자 떠드는 이유가 있다. 그게 편하기 때문이다. 편하다는 건 모든 이유를 아우른다. 모든 이유 중에서 핵심이 되는 이유 세 가지만 꼽아보겠다.

하나, 생각을 정제할 필요가 없다.
둘, 다른 사람을 신경 쓰지 않아도 된다.
셋, 배려하지 않아도 된다.

마음속으로만 떠들면 생각을 정제하지 않아도 된다. 생각을 명료하게 다듬을 필요가 없다. 생각이 맞는지 틀리는지 신경 쓰지 않아도 된다. 떠오르는 대로 생각해도 뭐라 할 사람이 없다. 나 자신조차도 말이다. 내가 무슨 생각을 하든 자유고, 생각을 고치지 않아도 된다.

속으로 생각하는 방식의 또 다른 이점은, 다른 사람을 전혀 신경 쓰지 않아도 된다. 다른 사람이 내 얘기를 듣고 무슨 생각을 할지 염려하지 않아도 된다. 내 얘기를 제대로 듣고는 있는지, 이해는 하는 건지 살피지 않아도 된다. 아무것도 신경 쓰지 않아도 되니 정말 편하다.

마지막으로 배려하지 않아도 된다. 다른 사람이 말을 할 기회를 줄 필요도 없다. 쓸데없는 말을 해도 억지로 들어주는 배려를 하지 않아도 된다. 상대방의 말을 끊고 내가 하고 싶은 말을 하려는 욕구를 참지 않아도 된다. 배려를 전혀 하지 않아도 되니 얼마나 속 편한가!

내향인에게 대화는 '노동'이다. 신경 쓸 게 많으니까. 다른 사람의 반응도 살피지, 기분도 살피지, 전체 분위기도 살피지…. 예민하기도 하고, 타고난 배려쟁이이기도 한 내향인은 대화 자리를 싫어하는 건 아니지만, 쓸데없는 것까지 다 신경 써서 피곤하다. 이것저것 너무 신경 쓰다 보니 대화에 참여할 정신도, 여력도 없다. 그뿐이랴.

내향인은 에너지가 안으로 향한다. 다른 사람과 마주하면 에너지를 빼앗긴다. 별거 하지 않아도 말이다. 아무 말 하지 않고 가만히 마주 보고 앉아만 있어도 지친다. 자기도 모르게 상대방을 의식하니까.

'말을 걸어야 하나?'

'말을 걸면 부담스러워할까?'

'말을 걸지 않으면 불편해할까?'

별 쓸데없는 걸 다 신경 쓰기 때문에 피곤하다. 단둘이만 앉아 있어도 그런데 여럿이 모인 자리에서는 어떻겠는가. 에너지가 쭉쭉 빨릴 수밖에 없다.

내향인이 마음속으로 수다를 떠는 건 에너지를 덜 소모하려는 자구책이다. 아무것도 신경 쓰고 쉽지 않기 때문에 편한 쪽을 택하는 거다. 물론 그 모습에 다른 사람들은 불편을 느낄 수도 있다. 말을 너무 하지 않으니 기분이 상한 줄 알 수도 있다. 아니면 너무 내성적이어서 말을 하고 싶은데 못하는 걸로 생각할 수도 있다. 전자인 경우는 거의 없고, 후자인 경우가 있긴 하다. 하지만 내향인은 배려를 우선하기 때문에 할 말이 떠오르고, 말을 하고 싶어도 잘 참는다. 하고 싶은 말을 하지 못했다고 답답해하지는 않는다.

어찌 되었든 내향인은 수다쟁이다. 외향인과 마찬가지로 말이다. 수다 방식이 다를 뿐이다. 서로 방향만 다른 거다. 외향인은 밖으로 내뱉은 수다형이고, 내향인은 안으로 삼키는 수다형이다. 혼자 속으로 떠드는 게 무슨 수다냐고 외향인이 물을지 모르겠다. 왜 아니람. 수다라는 말뜻이 쓸데없이 말수가 많다는 건데. 밖으로 내뱉든 속으로 하든 말이 많으면 다 수다지.

---

keypoint

내향인이 말 없는 사람처럼 보이는가? 그렇지 않다. 사람들이 보는 바와 달리 내향인은 수다쟁이다. 그런 모습을 본 적이 없다고? 당연하지, 마음속으로 떠드니까. 내향인은 혼자 속으로 쉴 새 없이 떠든다. 내 안의 나와 수시로 수다를 떤다. 자아 분열 같은 건 아니다. 그저 말로 내뱉는 것보다는 그게 편하기 때문이다. 사람들을 신경 쓰지 않아도 되니까. 속 편하게 마음껏 떠들 수 있으니 속으로 수다를 떠는 것뿐이다.

사람을 많이 사귀려고
애쓰지 않습니다

　고등학교 친구 중에 걸핏하면 양다리를 걸친 녀석이 있었다. 이성 관계를 말하는 게 아니다. 친구들과 만날 약속을 하루에 두 개 이상 잡았다는 말이다. 그 녀석은 우리 모임에 끝까지 함께한 적이 단 한 번도 없다. 항상 다른 약속이 있어서 중간에 먼저 갔다.

　그 모습이 처음에는 부러웠다. 나는 친구라고는 고작 8명뿐이었으니까. 그 녀석은 그 이상이니, 그 녀석의 사교성이 얼마나 부러웠는지 모른다. 그래서 나도 친구들을 많이 만들어볼까도 생각해봤지만, 실패했다. 사교성이 부족해서? 그런 건 아니었다. 인간관계를 넓히는 것 자체가 피곤했다. 누군가와 친해지려면 정신적으로 신경 써야 하니까. 신경 쓴 만큼 피곤이 늘어나니 친구를 더 많이 만드는 게 쉽지 않았다. 그래서 지금까지 내 곁에 남아 있는 고등학교 친구는 8명뿐이다.

대학교 다닐 때도 비슷한 고민을 했다. 대학교에 입학하자마자 이런 고민을 했다. 학과 엠티도 가고 동아리 활동도 해서 친구를 만들어야 하나 말이다. 혼자 학교 다니면 외롭고 뻘쭘하니까. 그런데 한편으로는 이런 생각을 했다.

'친구를 만들어서 뭐 해? 졸업하면 끊어질 인연인데. 주변에 보면 다 그러던데. 졸업 후에 남는 친구는 몇 명 없던데. 스무 살 넘어서 만나는 사람과는 고등학교 친구들처럼 깊이 친해질 수 없어. 그러니 굳이 친구를 많이 만들 필요가 없어.'

다른 한편으로는 이런 생각도 했다.

'아니지. 내가 인간관계를 어떻게 맺느냐에 따라 달라질걸. 스무 살 넘어서 맺는 인간관계는 필요에 의해 맺고, 그 필요가 사라지면 남이 되지만, 내가 어떻게 하느냐에 따라 남는 사람이 줄거나 늘어나기도 해.'

어떡할까 고민하다가 친구 사귀는 걸 관뒀다. 역시나, 내게는 누군가를 사귀기 위해 애쓰는 게 피곤한 일이었으니까. 그 때문에 졸업할 때까지 항상 붙어 다니던 친구는 군대 가기 전에 두 명, 전역 후 복학해서 두 명뿐이었다. 졸업하고 나서는 연락하고 지내는 친구가 없다.

학창 시절에는 '나는 왜 이렇게 인간관계가 좁을까' 왜 이렇게 사람을 못 사귀는지 고민했다. 성격을 고쳐야 하나 싶었지만, 성격은 고치기 쉽지 않다는 게 문제였다. 그래서 고민하고, 노력하고, 포기하기를 반복했다. 반복하다 결국 지쳐서 그냥 나대로 살기로 했다.

나중에야 내 인간관계가 좁은 이유를 알게 되었다. 내성적인 성격 탓이었다. 내성적이어서, 누군가에게 먼저 다가가는 게 수줍어서 사람을 잘 사귀지 못하는 것도 있지만, 그보다 더 큰 이유가 있었다. 앞서도 언급했듯이 사람을 사귀는 건 여간 신경 쓰이는 일이 아니었다. 누군가와 가까워지려면, 노력이 필요하다. 그냥 가까워지는 게 아니다. 연락하고, 만나고, 꾸준히 관리해야 가까워질 수 있다. 얼마큼 만나고, 얼마큼 함께 시간을 보내고, 또 얼마큼 마음을 나누느냐에 따라 관계의 넓이와 깊이가 결정된다. 문제는 그렇게 온갖 공을 다 들여도 반대쪽에서 관심이 없으면 결코 가까워질 수 없다. 그런 면에서 인간관계는 도박과 같다.

나는 그게 싫다. 아니 피곤하다. 아무리 노력을 해도 가까워지지 않을 바에야 차라리 가까워질 사람만 가까워지는 게 낫겠다 싶다. 가까워질 수 없는 사람은 노력해도 소용없다. 가까워질 사람은 별로 신경 쓰지 않아도 가까워진다. 물론 노력한 만큼 더 많은 사람을 사귈 수 있겠지만, 나는 그러고 싶지 않다. 그렇게 신경 쓰는 건 너무나 피곤한 일이니까.

지금 친한 사람은 많지 않다. 아니 적당히 있다고 생각한다. 내가

뼛속까지 내향인이지만 잘살고 있습니다

신경 쓸 수 있는 만큼만 알고 지낸다. 아는 사람이 지금 이상 늘어나면 신경을 못 쓴다. 내 에너지와 집중력은 한계가 있으니까. 그게 내성적인 나의 단점이지만, 꼭 단점이라고 할 수만은 없다. 그만큼 깊은 관계를 맺으니까.

이제는 관계의 폭이 좁은 걸 그리 신경 쓰지 않는다. 과학 문명이 그런 단점을 보완해 주니까. SNS가 발달해서 아무리 멀리 떨어져 있는 사람이라도 관계의 끈이 계속 이어진다. 가까운데 살다가 서로 멀어져도 SNS나 카톡과 같은 메신저 덕분에 관계가 끊어지지 않는다. 멀리 떨어져서 SNS로 연락하며 알고 지내다가 어쩌다 만나게 되면 얼마나 반가운지 모른다. 고등학교 친구들보다 더 반가울 때도 있다.

게다가 내성적인 나의 성격은 오프라인에서는 맥을 못 추지만, 온라인에서는 빛을 발한다. 오프라인에서 누군가를 만나면 투명 인간이 되지만, 온라인에서는 수다쟁이가 된다. 얼마나 말이 많은지, 지인들을 오프라인에서 만나면 "카톡으로 대화할까?"라고 농담을 던질 정도이다. 덕분에 온라인에서는 사람을 쉽게 그리고 많이 사귄다. 물론 SNS에서 관계가 계속 이어지는 사람은 한정적이지만, 어쨌든 SNS가 없었으면 어쩌나 싶다.

관계의 끈은 물리적인 거리가 아니라 마음의 거리와 의지에 달려 있다. 그래서 나는 문명의 이기를 활용하여, 온라인을 통해 내성적인 성격의 단점을 보완하고, 극대화하고 있다. 이제는 친구가 많은 사람이 전혀 부럽지 않다.

인간관계가 넓은 게 좋을까? 좁은 게 좋을까? 정답은 없다. 성향에 따라 다르니까. 내향인은 인간관계를 좁게 맺는다. 인간관계가 좁으면 관리하기 편하니까. 스트레스를 덜 받으니까. 무엇보다 집중력과 에너지에 한계가 있기 때문에 잘 맞는 사람만 소수로 깊게 사귄다. 내향인은 인간관계를 지혜롭고 효율적으로 맺는다.

약속이 깨지면
뛸 듯이 기쁩니다

어느 토요일, 고등학교 친구들을 만났다. 코로나19가 발생하기 전에 만났던 것 같은데, 마지막으로 만난 게 언제인지 기억나지 않을 정도로 너무 오랜만이었다. 약속을 앞두고 내 속에는 두 마음이 생겼다. 하나는 만나면 얼마나 반가울까, 또 하나는 약속이 깨졌으면 좋겠다였다. 이번만이 아니다. 늘 그런다.

친구들이 아니라도, 누구와 약속을 잡든 자주 아니 항상 두 마음이 든다. 약속을 잡을 때는 설레고, 약속을 며칠 앞두고부터는 피곤을 느낀다.

'아, 괜히 나간다고 했네. 일이 있다고 할걸.'

하며 후회한다. 상대가 싫어서 그런 건 아니다. 상대에게 안 좋은 감정이 있는 건 아니다. 다른 뜻은 없다. 그저 집 밖에 나가기 싫어서다. 나가는 게 귀찮을 뿐이다. 이것저것 신경 쓰는 게 싫어서다. 매일 회사에 출근하는 것처럼 루틴대로 하는 일이라면 귀찮다는 생각이 들지 않겠지. 아무리 미리 잡은 약속이라고 해도 평소에 하지 않던, 갑자기 튀어나온 일정이라 무척 신경 쓰인다. 신경이 쓰이니 나가려고 하면 피곤해진다.

원래는 집에서 푹 쉬어야 하는 날인데 씻고, 주섬주섬 옷을 챙겨 입고 나가야 한다. 평소에 이용하지 않던 대중교통 노선을 이용하고, 사람들로 북적거리는 장소에서 대화를 나누는 등 모든 상황이 낯설고, 번잡스럽다. 에너지를 쏙 빼앗긴다. 나가기 전부터 에너지를 극심하게 소모하기 시작한다. 나갈 시간이 되면 벌써 진이 빠진다. 나가기 전부터 움직일 에너지가 부족해지니 기적을 바란다. 갑자기 약속이 깨지길 말이다. 하지만 그런 기적은 일어나지 않는다. 결국 어쩔 수 없이 약속 장소로 향한다. 정말 운이 좋게도 만에 하나 약속이 깨지면 환호성을 지른다. "아싸!" 기적이 현실이 되면 얼마나 좋은지 모른다. 마치 로또복권 1등에 당첨된 듯한 기분이 든다. 약속을 깬 친구에게 혼자 속으로 고맙다는 말을 전한다.

내향인들도 사람 만나는 걸 좋아한다. 아무나 말고 친한 사람이나 마음이 잘 맞는 사람 말이다. 가까운 사람에 한해서 사람 만나는 걸 좋아한다. 단, 소수 정예로. 아무리 가까운 사이라도 여럿이 만나면 피곤하다. 두 명이 베스트, 많아야 나를 포함해서 세 명이 적당하다. 네 명부터는 버겁다.

마음이 잘 맞는 사람은 만나면 즐겁긴 하지만, 약속 시간이 가까워지면 고민하기 시작한다.

'일이 생겨서 못 만난다고 할까?'

'약속이 깨지면 좋겠다.'

매번 이런 생각이 든다. 내가 먼저 만나자고 했어도 말이다. 앞서 말했듯이 상대가 싫은 건 아니다. 이유는 정말 단순하다. 신경 써야 할 게 한두 가지가 아니니까. 외출 자체가 피곤하니까. 집에 있는 게 편하니까. 밖에 나가면 에너지를 빼앗기니 나가고 싶지 않다.

외향인은 혼자 있지를 못한다. 외향인도 외향인 나름이라 혼자 있는 걸 좋아하는 외향인도 있긴 하다. 하지만 일반적으로 외향인은 에너지를 내뿜어야 하기 때문에 사람 만나는 걸 좋아한다. 다른 사람에게 에너지를 쏟아내야 힘이 나니까. 에너지를 발산해야 스트레스가 풀리고 즐거움을 느끼니까.

반면 내향인은 에너지를 응축해야 한다. 에너지를 품어야 한다. 그래야 힘이 생긴다. 사람을 만나면 에너지를 빼앗긴다. 몇 분만 만나도 피곤하고 정신이 아득해진다. 아무리 친한 사람이라도 말이다. 그러니 약속을 잡고도 후회하고, 다른 마음을 품을 수밖에.

사람 마음이 정말 간사하다. 참 웃긴 게, 집을 나서기 전에는 약속이 깨지길 바라고, 막상 만나고 나서 헤어질 시간이 되면 언제 그랬냐는 듯 아쉬운 마음이 든다. 벌써 헤어질 시간이 됐나 생각한다. 조금만 더 얘기하다가 헤어졌으면 한다. 그런 내 모습을 보며 같은 사람이 맞나 싶다.

친구들을 만나기로 해놓고도, 약속이 깨지길 바랐지만 결국 만나러 나갔다. 토요일 오후 3시부터 밤 11시까지 만나고 헤어졌다. 1차, 2차, 3차, 장소를 옮길 때마다 한 명씩 떨어져 나갔지만, 나는 마지막까지 함께 했다. 이럴 거면서 왜 약속이 깨지길 바랐나 싶다. 내가 생각해도 참 웃기다. 그런데 다음에 또 그러겠지. 집을 나서기 전에는 '약속이 깨졌으면…'이라고 생각하겠지. 그래놓고 만나면 헤어질 때 아쉬워하겠지. 그게 나니까.

keypoint

약속을 잡아놓고 괜히 만나기로 했나 후회하는 사람, 나갈 준비까지 다 해놓고 약속이 깨지길 바라는 사람, 내향인이다. 기껏 약속을 잡아놓고 깨지길 바라는 이유가 있다. 나가면 피곤하니까. 나갈 준비를 하는 것도 피곤하고, 나가서 대화하면 진이 빠져서다. 그래놓고 만나서는 즐거운 시간을 보낸다. 헤어질 때는 벌써 헤어지냐며 아쉬워한다. 어쨌든 친한 사람을 만나면 즐거우니까.

뼛속까지 내향인이지만 잘살고 있습니다

주인공보다 조연으로
살고 싶습니다

출근길 전철 안.

"터덕"

맞은편 자리에서 둔탁한 소리가 들렸다. '익숙한' 소리였다. 누군가 휴대폰을 바닥에 떨어뜨린 모양이다. 아니나 다를까, 휴대폰에서 눈을 떼고 앞쪽을 바라보니 맞은편에 앉아 있던 사람이 자다 말고 황급히 일어서며 휴대폰을 떨어뜨렸다. 잠이 덜 깬 모양인지 휴대폰을 떨어뜨린 줄도 모르고 전철에서 내리려고 했다. 내려야 할 역에 도착해서 뇌 센서가 하차 신호를 보냈나 보다. 하지만 뇌가 휴대폰까지는 챙겨주지 못했다.

'저기요! 휴대폰 떨어뜨리셨어요.'

그 사람이 놀란 듯 눈을 뜨고 황급히 일어나 후다닥 출입문 앞에 이르기까지 한 3초 정도 걸렸을까? 그 짧은 시간 동안 나는 그 사람을 부를지 말지 고민했다. 그 사람 양옆에는 아무도 앉아 있지 않아서 내가 말해주지 않으면 전철에서 내리고 나서야 휴대폰을 잃어버린 사실을 알게 될 상황이었다.

어떡해야 할지 고민하던 사이, 옆문으로 들어온 다른 승객이 나를 괴롭히던 고민을 저 멀리 걷어차 주었다. 그녀가 휴대폰 주인을 불러 세워 상황을 말끔히 해결해 주었다. 오, 그녀는 휴대폰 주인과 나의 영웅이다!

이런 내 모습에 누군가는 실소를 보내며 이렇게 물을지 모르겠다.

"저기요, 한마디 하는 게 그렇게 어려운 일인가요?"

아니, 그 말하는 건 별로 어렵지 않다. 입 한 번 뻥끗하면 되니까. 내가 고민한 이유는 그 한마디를 해야 해서가 아니다. 사람들의 시선이 부담스러웠기 때문이다.

휴대폰 주인을 멈춰 세우려면 그를 불러야 한다. 내가 그 사람을 부르면 주위에 앉아 있던 다른 승객들이 나를 쳐다보겠지. 나는 그 시선이 부담스러웠다. 사람들이 나를 쏘아볼 것도 아니고, 이상한 사람처럼 쳐다볼 것도 아닌데도 부담스러웠다. 왜냐, 사람들의 시선이 어떤 감정을 담고 있든 나는 주인공이 되는 걸 전혀 원하지 않으니까.

그래서 쓸데없는 고민을 한 것이다.

물론 그 사람을 부르지 않아서 휴대폰만 덩그러니 남는다면, 뒤처리도 내 몫이 될 확률이 높다. 뒤처리하기 위해 자리에서 일어나 맞은편까지 가서 몸을 숙여 휴대폰을 줍고, 그걸 그대로 들고 있어도 사람들이 쳐다보겠지. 충분히 예상되는 시나리오이기에 휴대폰 주인이 내린 후 잠깐 동안 휴대폰을 주울지 말지 또다시 고민했을 것이다. 그 순간도 몇 초밖에 되지 않을 테고, 슈퍼컴퓨터보다 더 빠르게 머리를 굴렸겠지. 선한 일을 하는 것보다 사람들의 시선이 더 부담스럽다는 결과가 산출되면 안 줍고 내버려 둘 것이다. 내 성격상 후자를 선택할 공산이 크다. 그만큼 나는 타인의 시선에 부담을 느껴서 늘 조연으로 살아왔다.

내향인은 욕심이 없다. 주인공보다는 조연으로 살길 희망한다. 다른 사람의 주목을 받는 걸 싫어하니까. 다른 사람의 시선에 큰 부담을 느끼니까. 부끄럽기도 하고, 민망하기도 한 건 덤이다. 시선 그 자체가 괜히 부담스럽다. 다른 사람의 시선에 괜한 압박을 느낀다. 누가 뭐라 하는 것도 아닌데 혼자 속으로 시나리오를 짠다. '사람들이 이렇게 생각하겠지?' 하고 말이다. 그래서 항상 주인공이 될만한 상황은 피한다.

우리나라 사람들이 대부분 그러긴 하지만, 특히 내향인은 수업 시간이든 대화 자리에서든 질문을 하지 않는다. 그런 걸 질문하냐는 조롱의 시선을 겁내기도 하거니와, 질문을 하는 순간 자신에게 쏠리는 시선에 부담을 느끼기 때문이다. 그 시선들로 인해 말과 행동의 제약이 생기니 몹시 불편하다. 그뿐이랴. 모임에서 최대한 말을 아낀다. 다른 글에서 언급했듯이 다른 사람을 배려하려는 취지도 있고, 말하는 것보다 듣는 걸 더 좋아하는 이유도 있다. 듣는 걸 선호하는 이유는 일단 듣는 게 편하고, 쉽고, 더 재미있다. 또한 할 말이 그때그때 떠오르지 않기 때문이기도 하다. 무엇보다 말을 하는 순간 자신에게 쏠리는 사람들의 시선이 부담스러워서 말을 하지 않는다. 주인공이 되는 걸 원치 않아서 일부러 말을 하지 않는다.

자신감이 부족하고, 다른 사람의 시선이 무서워서 그런 게 아니냐고? 내향인이 다른 사람의 주목을 받는 걸 부담스러워하는 건 불안장애나 대인공포증 혹은 시선공포증 때문이 아니다. 병적인 문제가 있어서 그런 건 아니니 외향인이 이 글을 본다면 오해하지 말길 바란다. 드라마의 조연처럼 그저 있는 듯 없는 듯 조용히 살고 싶을 뿐이다. 그게 내향인의 성향이니까.

내향인도 필요할 때는 자청해서 주인공이 될 때가 있다. 나는 내향인이지만, 수백 명 하객 앞에서 축가도 몇 번 불러봤다. 꼭 필요한 게 있을 때는 질문도 하고, 모임에서 알아서 먼저 말을 한다. 하지만 필요한 경우가 아니라면 다른 출연자들 속에 파묻힌다. 굳이 튈 필요가 없으니까. 괜한 일로 주목받고 싶지 않으니까. 사람들 사이에서 주인공이 되길 원하지 않는다. 그건 내향인의 취향이 아니다. 언제나 주목받지 못하는 조연이 좋다.

출근길 지하철 안으로 돌아가 보자. 아까 그 승객이 맞은편이 아니라 내 바로 옆에 앉아 있다가 휴대폰을 떨어뜨렸다면? 나는 일 초도 망설이지 않고 그 승객의 옷자락을 붙잡고 휴대폰을 떨어뜨린 사실을 알렸을 것이다. 그래도 다른 승객들이 우리를 쳐다볼 텐데, 맞은편과 옆자리가 무슨 차이가 있냐고? 옷깃을 붙잡지 않으면 주인공이 되어버릴 테니까. 그 승객을 그대로 떠나보내면 다른 사람들이 나를 계속 쳐다볼 게 분명하다. 보고도 왜 안 주워주었냐는 눈빛으로 나를 쏘아보겠지. 그럼 나는 어떤 식으로든 조치를 취해야 한다. 휴대폰을 바닥에 두고 그냥 내릴 수는 없다. 휴대폰을 집어 들고 분실물 신고 센터에 연락하는 척을 하든 뭘 하든 해야 한다. 그렇게 나는 그 전철에서 내릴 때까지는 주인공 역할을 맡게 된다. 반면 승객을 붙잡아서 휴대폰을 가져가게 한다면? 그 승객이 내리자마자 상황 종료, 나는 순식간에 조연이 되어버린다. 정말 완벽한 시나리오다!

keypoint

　외향인들은 보통 주인공이 되고 싶어 한다. 대화에서 주도권을 쥐고, 사회자가 되려고 한다. 다른 사람들의 주목을 받는 걸 신경 쓰지 않는다. 반면 내향인은 다른 사람들의 시선에 부담을 느낀다. 다른 사람의 관심을 받으면 행동에 제약이 생겨서 어떻게든 조연이 되려고 애쓴다. 최대한 다른 사람들의 시선과 관심을 받지 않기 위해 노력한다. 관심받는 상황을 최대한 피한다. 주인공이 되기보다 조연이 되려고 애쓰는 별종이 내향인이다.

뼛속까지 내향인이지만 잘살고 있습니다

내향인 탐구 2

내향인도 유형이 있다

우리나라 사람들은 MBTI나 혈액형 등으로 사람을 구분하고, 파악하는 걸 좋아한다. 우리는 상대에게 "혈액형이 뭐예요?"라고 서슴없이 물어본다. 요즘에는 "어떤 유형인가요?"라고 MBTI 유형을 묻는게 유행이다. 이뿐인가. 좀 친해졌다 싶으면 "첫째야? 둘째야?" 혹은 "형제 관계가 어떻게 돼?"라고 묻는다. 사람의 성격과 유형을 객관화해서 상대를 이해하려는 시도인 건 알겠다. 하지만 사람은 그렇게 딱 떨어지게 나눌 수 없다. 사람은 모두 다르니까. 내향성과 외향성도 마찬가지다.

사람들은 사람을 내향적인 사람과 외향적인 사람으로 나누어 구분한다. 하지만 내향인이라고 해도 완전히 내향적인 사람도 있고, 외향인인 듯 보이는 사람도 있다.

외향인도 마찬가지다. 외향인이라고 해서 완전히 외향적인 사람만 존재하지는 않는다. 그럼에도 우리는 사람을 한쪽 극단으로 몰아놓는다.

사람들이 어떻게 생각하든 내향인이 '내향인' 딱 한 부류만 존재하는 건 아니다. 내향인도 내향인 나름이다. 무지개는 한 덩이이지만, 그 안에는 빨주노초파남보 여러 색으로 채워져 있는 것처럼, 내향인도 여러 부류로 나눌 수 있다.

(출처 : 『혼자가 편한 사람들』 비전코리아, 2022)

뼛속까지 내향인이지만 잘살고 있습니다

도리스 메르틴은 『혼자가 편한 사람들』(비전코리아, 2022.)에서 내향인을 네 부류로 나누었다. '주도형', '섬세형', '비범형', '은둔형'이다. 주도형은 일사분면, 섬세형은 이사분면, 비범형은 삼사분면, 은둔형은 사사분면이다. 12시 방향은 '대인관계에 자신 있음', 3시 방향은 '감성적 행동양식', '6시 방향은 '대인관계에 자신감 없음', 9시 방향은 '이성적 행동양식'이다. 도리스 메르틴의 분류가 상당히 일리가 있고, 좋은 분석이라고 생각한다. 나는 메르틴의 분류를 조금 변형하고 싶다. 주도형은 '외향형', 섬세형은 '둔감형', 은둔형은 '예민형', 비범형은 '내향형'으로 말이다.

일, 이, 삼, 사사분면 순서대로 내향성이 강해진다고 할 수 있다. 각 분면에 적어 놓은 '대인관계 추구', '대인관계 기피', '이성적', '감정적'은 대략적인 분류이다. 내향인을 파악하기 위한 분류일 뿐, 모든 내향인이 이 분류에 딱 들어맞는다고 할 수는 없다.

외향형: 외향인 중에서도 외향형이 있다. 사람 만나는 걸 좋아하고, 이성적이다. 외향성이 강하기에 겉으로 볼 때는 영락없이 외향인처럼 보인다. 하지만 이들도 내향인이다. 낯선 사람을 다소 어색해하고, 사람과 친해지는 게 약간은 버겁게 느껴진다. 하지만 사람을 좋아하기 때문에 약속 잡는 걸 부담스러워하면서도 반긴다.

둔감형: 둔감형 내향인은 무던하다. 다른 사람의 부정적인 모습에도 그러려니 한다. 다른 사람에게 피해를 입어도 그럴 수 있지 한다. 하지만 내향인이기 때문에 완전히 둔감하지는 않다. 외향인과 비교하면 예민하다. 내향인 중에서만 둔감한 편일 뿐이다.

예민형: 예민형은 감정적이고, 사람 만나는 걸 기피한다. 3사분면

부터는 내향성이 강하기 때문에 골수 내향인에 가깝다. 사람을 만나면 피곤하다. 가능한 한 밖에 나가지 않는다. 다른 사람의 말과 행동을 굉장히 신경 쓴다. 불필요한 의미 부여를 해서 자신이 잘못한 게 있는지 신경 쓰는 스타일이다.

내향형 : 뼛속까지 내향인이다. 우리가 흔히 말하는 그 내향형이다. 은둔형 외톨이가 바로 이들이다. 다른 사람에게 좀처럼 마음을 열지 않는다. 마음을 잘 열지 않기 때문에 친해지기 쉽지 않다. 냉정하기 때문에 쉽게 감정에 사로잡히지 않는다. 이성적이고, 대인관계에서 자기만의 선이 확실하다.

내향인이라고 해서 다 같은 내향인이 아니다. 물론 다른 사람이 보면 별 차이가 없는 듯 보이지만, 조목조목 따져보면 조금씩 차이가 있다. 사람 만나기를 좋아하는 내향인이 있고, 기피하는 내향인이 있다. 이성적인 내향인이 있고, 굉장히 감성적인 내향인이 있다. 외향인처럼 보이는 내향인이 있고, 누가 봐도 한눈에 내향인이라는 걸 알 수 있는 내향인이 있다.

3장
내성적이지만 충분히 잘살고 있습니다

나는 친구가 적다. 카카오톡에 등록된 친구는 604명이지만, 이 중에 90%는 거래처 사람들이다. 나머지 10% 중에 가족과 고등학교 친구가 각각 2%이고, 3%는 친하게 지내며 이따금 연락하는 사람이다. 나머지 3%는 꽤 안면 있는 사람들이다. 나머지 3%에 해당하는 사람은 안면은 있지만, 일부러 연락하고 지내지 않으면 금세 멀어질 사람들이다. 가벼운 관계라고 할 수 있다.

내 카카오톡에 등록된 친구가 적지는 않지만, 속마음을 가감 없이 털어놓을 수 있는 사람은, 가족을 제외하고 손에 꼽는다. 인간관계를 좁게 맺기 때문이다.

반면 아내는 인간관계가 넓다. 나에 비하면 넓어도 너무 넓다. 아내는 스쳐 가는 인연도 결코 그대로 떠나보내지 않는다. 그냥 스쳐 갈 인연도 기어코 연락하고 지내는 사이로 만든다. 가령 거쳐왔던 모든 직장 동료와 아직도 연락하고 만난다. 직장에서 웬만큼 친한 동료가 아닌 이상 고만고만하게 지낸 사이는 퇴사하면 그만이다. 헤어지면 더 이상 연락하지 않는다. 하지만 아내는 친했던 사람은 물론이고, 적당히 거리를 두던 사람도 퇴사할 때쯤이면 가까운 사이로 만들고, 퇴사하면 이따금 연락하고 만난다. 어떻게 그럴 수 있는지 무척 신기하다. 나는 절대 불가능한 일이니까.

아내에게 특별한 능력이 있어서 그런 건 아니다. 다만 인간관계에 있어 부지런해서 가능한 일이다. 아내는 상대의 말을 열심히 들어준다. 그리고 상대가 연락하기를 기다리지 않고, 상대가 먼저 연락하든 안 하든 한결같이 먼저 연락하고 계속 신경 쓴다. 그러니 가까워지는 사람이 늘어날 수밖에 없다.

인간관계는 신경 쓰는 만큼 거리가 가까워지기도 하고 멀어지기도 한다. 상대에게 시간을 투자하고 마음을 쓰는 만큼 관계가 지속되거나 끊어진다. 또한 인간관계는 직장이나 학교, 모임 등 서로를 이어주는 매개를 통해 유지되기도 한다. 매개가 존재하는 한 관계는 이어진다. 하지만 매개가 사라지면 서로의 거리가 순식간에 멀어지고, 이윽고 관계가 끊어지고 만다.

가만히 있으면 인간관계는 결코 유지되지 않는다. 계속 신경 쓰고 가꿔야 한다. 문제는 신경 쓰고 가꾸는 게 꽤 번거롭고 피곤한 일이 아니라는데 있다. 외향인은 그 피곤을 기꺼이 감수한다. 사람 만나는 게 즐겁고, 사람을 만나야 활력이 돋으며, 살맛이 나기 때문이다. 외향인도 관계를 유지하는 데 피곤을 느끼지만, 관계를 통해 에너지를 충전하기 때문에 피곤을 마다하지 않는다. 오히려 더 신경 쓴다. 내향인은 다르다.

내향인은 다른 사람과 관계 맺을 때 발생하는 일들이 피곤하다. 그렇다고 관계 맺는 것 자체를 싫어하는 건 아니다. 내향인도 누군가와 관계 맺는 걸 좋아한다(단 쿵짝이 잘 맞는 사람과만). 관계 맺는 과정과 관계를 맺고 난 후에 발생하는 정신노동이 피곤할 뿐이다. 외향인은 그 정신노동을 즐기지만, 내향인은 어떻게든 피하고 싶어 한다.

관계를 맺기 위해서든 관계를 유지하기 위해서든 일단 연락을 해야 한다. 연락하면 그걸로 끝인가? 아니다.

"어떻게 지내나 궁금해서 연락했어."

"나야 잘 지내지. 너도 잘 지내지?"

"응, 잘 지내. 그럼 또 연락할게."

이렇게 상투적으로 대화를 끝낼 수는 없다. 귀찮아도 좀 더 안부를 물어야 한다. 상대가 대답하면 또 다른 질문을 하거나 상대의 말에 맞장구치며 대화를 몇 분 정도는 이어나가야 한다. 대화를 이으려면 두뇌를 끊임없이 회전시켜야 한다. 머리를 쓰고 싶어서 쓰는 것도 아니고, 억지로 써야 하니 피곤할 수밖에 없다.

가까운 사람이면야 대화를 이어나가는 게 덜 피곤할 것이다. 하지만 적당한 거리를 유지하고 있는 사람과는 억지로 대화해야 한다. 대화 시간이 길어지면 길어질수록 피로가 누적된다. 이러니 관계를 맺고 유지하는 데에 부담을 느낄 수밖에.

그뿐인가, 누군가와 친해지면 피곤할 일도 늘어난다. 만나야 하고, 연락이 오면 받아야 한다. 이런저런 부탁을 하면 들어줘야 한다. 내향인은 거절을 쉽게 못하니, 크게 손해 보거나 피해받는 부탁이 아닌 이상 들어줄 수밖에 없다. 그 모든 게 피곤하다.

이처럼 인간관계를 맺으려면 피곤한 일이 필연적으로 생기니 내향인은 절대 관계를 넓히지 않는다. 넓히면 넓힐수록 피곤이 증가하니까. 관계로 인해 피곤하기 싫어서 관계의 폭을 제한한다.

내향인은 관계를 좁게 맺는 대신 누군가와 관계를 맺기로 작정하면 거리를 적당히 유지하지 않는다. 막역한 사이로 만든다. 간이고 쓸개고 다 내어줄 수 있는 사이가 된다. 내향인은 관계의 폭이 좁기 때문에 애초에 그럴 수 있는 사람만 골라 사귄다. 자신과 잘 맞는 사람만 일부러 골라서 깊은 관계로 만든다.

아는 사람이 많으면 좋긴 하다. 여러 도움을 주고받을 수 있으니까. 살면서 만나는 여러 난관을 그들의 도움을 받으며 좀 더 수월하게 헤쳐나갈 수 있다. 하지만 도움을 받으면 도움을 주어야 한다. 그게 인지상정이다. 도움을 받기만 하면 좋은 관계를 유지할 수 없다.

받기만 하면 관계를 악용하는 것이다. 그런 관계는 결코 오래 가지 않는다.

내향인도 때로는 관계를 넓게 유지하고 싶은 마음이 들 때가 있다. 도움을 받기 위해서는 아니다. 인간은 홀로 살 수 없으니까. 사람은 사람 냄새를 맡아야 정신을 건강하게 유지할 수 있는 법이니까. 그러나 내향인은 태생적으로 관계를 넓게 유지할 수 없기에 관계에 대한 목마름을, 관계를 깊게 맺는 방식으로 해결한다. 자신의 기질의 한계에 순응하며 좁으면서 깊게 관계 맺는 걸로 만족한다.

keypoint

내향인은 관계를 좁게 맺는 걸 선호한다. 집중할 수 있기 때문이다. 관계가 넓으면 한 사람 한 사람에게 집중하지 못한다. 반면 좁게 사귀면 집중할 수 있다. 그래서 내향인은 누군가와 관계를 맺기로 작정하면 거리를 적당히 유지하지 않는다. 막역한 사이로 만든다. 간이고 쓸개고 다 내어줄 수 있는 사이가 된다. 내향인은 관계의 폭이 좁기 때문에 애초에 그럴 수 있는 사람만 골라 사귄다. 자신과 잘 맞는 사람만 일부러 골라서 깊은 관계로 나아간다.

남들보다
깊이 생각합니다

"말수가 적다."

내향인에 대한 흔한 오해 중 하나다. 겉모습만 놓고 봤을 때 그건 오해가 아니라 사실이 맞다. 보이는 모습만 놓고 보면 내향인은 분명히 말수가 적다. 하지만 그 이유를 알고 나면 다르게 생각할 것이다. "오해했다"고 말할 수밖에 없을 것이다.

"말수가 적다"는 평가에는 한 가지 전제가 담겨 있다. 소심하고 부끄러움을 탄다는 것이다. 우리는 말수가 적은 걸 소심함이나 부끄러움과 연결시켜 생각하는 경향이 있다. 소심쟁이, 부끄럼쟁이라 말수가 적다고 생각한다. 어느 정도는 일리 있다. 소심하고 부끄러움을 타면 말수가 적어지기 마련이니까. 하지만 말수가 적다고 해서 무조건 소심하다거나 부끄러움을 타는 거라고 볼 수는 없다. 분명히 그 이유도 있긴 하지만, 다른 이유도 있으니까. 내향인이 말수가 적은 근본적인 이유가 있다. 생각이 느리고, 대화에 피곤함을 느끼기 때문이다.

여기서 '생각이 느리다'는 말은 두뇌 회전이 느리다는 뜻이 아니다. 두뇌 회전이 느린 건 머리가 둔한 것이지 느리다고 할 수 없다. 내향인이 생각을 느리게 하는 건 머리가 둔해서가 아니라, 넓고 깊게 생각하기 때문이다.

외향인은 머릿속에 떠오른 생각을 여과 없이 내뱉거나 여과를 간단히 또는 신속히 하고 내뱉지만, 내향인은 다르다. 복잡한 공정을 거쳐 출력한다. 내향인은 머릿속에 한 가지 생각이 떠오르면 그걸로 끝이 아니다. 여러 단계의 여과 과정을 거친다. 하수를 1급수로 만들 만큼 생각을 거르고 또 거른다. 그러니 말이 곧바로 나오지 않는다.

그뿐만이 아니다. 내향인의 머릿속에는 멀티 유니버스가 존재한다. 한 가지 생각이 떠오르면 그 상황과 관련해서 한 가지 방향이나 한 가지 상황만 생각하지 않는다. 가능한 모든 방향과 상황을 가정하여 살핀다. 생각이 꼬리에 꼬리를 물며 이어지고, 계속 확장되기 때문에 결론에 다다르고, 출력되기까지 시간이 오래 걸린다.

나는 사람들과 대화할 때 어떤 주제가 화두로 떠오르면 곧바로 머릿속에 있는 '생각 스위치'를 켠다. 스위치를 켜면 '위잉', '드르륵드르륵' 거리며 돌아가는 컴퓨터처럼 머릿속이 활발하게 돌아간다. 혼자 속으로 오만가지 생각을 한다. 그 주제를 이 방향 저 방향으로 살핀다. 귀로는 대화 내용을 계속 듣고 있지만 입은 다물고 있다. 다른 사람이 봤을 때 아무 생각 없이 앉아 있는 듯 보이지만 그렇지 않다. 머릿속은 정말 바쁘다. 그 순간 머리 돌아가는 속도가 기상청 슈퍼컴퓨터와 맞먹을지도 모른다. 아니, 어쩌면 그보다 더 빠를지도? 그만큼 머릿속이 바쁘다는 말이다.

문제는 그 주제에 대한 분석을 마칠 때쯤이면, 아니 분석 중에 대화 주제가 바뀐다는 것이다. 대화의 속도는 늘 내 생각의 속도를 앞서간다. 아무리 손을 흔들어도 쌩하고 지나가는 승객을 태운 택시처럼 내가 무슨 생각을 하든 대화는 멈춰주지 않는다. 계속 진행된다.

결국 생각하는 사이에 대화를 놓치고 만다. 새로 떠오른 주제를 놓고 또다시 분석에 들어가면, 대화 주제는 그 사이 또 바뀐다. 사람들과 대화할 때면 이런 일이 항상 발생한다. 이러한 내 속사정을 사람들은 알 턱이 없으니 나를 말수가 적은 사람이라고 생각하기 일쑤다. 실은 생각이 많아서 그런 건데도 말이다.

어떤 사람은 그런 내게 이렇게 묻는다.

"너는 왜 말을 안 해?"

그럼 나는 이렇게 대답한다.

"말하는 것보다 듣는 걸 더 좋아해서 그래."

사실이다. 실제로 듣는 걸 좋아한다. 말하기보다 듣는 걸 좋아하는 건 내향인의 또 다른 특성이기도 하니까. 하지만 그것 때문만은 아니다. 대화 중에 생각을 많이 하기 때문이기도 하다. 이게 더 큰 이유다. 그렇다고 해서 누군가 물을 때마다 매번 해명할 수도 없는 노릇이다.

"말수가 적은 게 아니라, 생각이 많아서 그래."

설명하는 것 자체도 번거롭거니와 설명한다고 해서 내향인의 그런 특성을 이해해 줄 사람도 많지 않기 때문이다. 겉으로는 그러냐 하면서도 속으로는 참 특이하다고 생각할 게 뻔하니 상대가 쉽게 납득할 수 있는 이유만 대고 만다. 사실 설명하는 것 자체도 내향인인 내게는 피곤한 일이기도 하니 설명을 최대한 줄이기 위해서라도 간명한 이유만 대고 끝낸다. 그마저도 피곤하면 그냥 슬쩍 웃고 만다. 그럼 나는 그냥 말수가 적은 사람이 된다.

생각을 넓고 깊게 하는 게 어찌 보면 에너지 낭비일 수도 있다. 깊이 생각할 필요가 있을 때만 하면 되는데, 뭐하러 피곤하게 늘 깊이 생각하냐고 외향인이 물을지도 모르겠다. 필요할 때만 깊이 생각하는 게 외향인의 습관이라면 늘 깊이 생각하는 건 내향인의 습관이다. 자동으로 그렇게 된다는 말이다. 그렇다고 내향인이 사사건건 깊이 생각하는 건 아니다. '생각 스위치'를 항상 켜놓고 있지는 않다. 그렇게 피곤하게 살지는 않는다. 다만 스위치를 수시로 켤 뿐이다.

대화할 때 생각이 깊은 건 장점이 된다. 그만큼 말실수가 적고, 의미심장한 말을 던질 수 있기 때문이다. 물론 생각이 느리기 때문에 대화에 잘 참여하지 못한다는 사실은 단점이긴 하다. 그건 내향인이 풀어야 할 숙제다.

생각이 깊은 게 대화할 때는 단점이 되기도 하지만, 다른 상황에서는 큰 장점이 된다. 생각할 일이 있을 때 말이다. 내향인은 깊이 생각하는 게 생활화되어 있기 때문에 개인적으로나 단체에서 어떤 문제가 생겼을 때 다각도로 문제를 분석하고, 다방면에서 해결 방법을 찾는다. 그래서 의견을 제시할 때 좀 더 합리적이고 이성적인 의견을 내놓곤 한다. 물론 그럴 일이 얼마나 있겠냐마는.

어쨌든 생각이 깊은 내향인은 말을 아끼니 말실수할 일은 적다. 사람들이 왜 말을 안 하는지 의아해하면 어떠랴. 말을 많이 해서 괜히 말실수하는 것보다는 낫지 않겠는가.

keypoint

내향인의 머릿속에는 멀티 유니버스가 존재한다. 한 가지 생각이 떠오르면 그 상황과 관련해서 한 가지 방향이나 한 가지 상황만 생각하지 않는다. 가능한 모든 방향과 상황을 가정하여 살핀다. 생각이 꼬리에 꼬리를 물고 이어진다. 내향인은 대체로 생각이 깊다.

틀린 게 아니라
다른 겁니다

날씨가 화창한 어느 날 정오. 점심 회식을 하기 위해 전 직원이 사무실을 나왔다.

'힐끔'

앞서가던 동료가 고개를 돌려 나를 쳐다본다.

'힐끔'

아까 나를 봤던 그가 얼마 후에 다시 나를 쳐다본다. 반복해서 쳐다보는 그에게 나는 속으로 말한다.

'신경 쓰지 말고 그냥 계속 가세요.'

170

뼛속까지 내향인이지만 잘살고 있습니다

내 속마음을 읽었을까? 그가 내게 말한다.

"혼자 걷지 말고 이리 와서 같이 걸어요."

굳이 그러고 싶지 않은데…. 길이 좁아서 따로 걸었던 것뿐이다. 마주 오는 사람의 통행을 방해하지 않고, 피하는 수고를 하지 않으려고 뒤에서 걸었다. 셋이 나란히 걸으면 앞에서 사람이 올 때 누군가는 몸을 틀어 앞사람이 빠져나갈 공간을 만들어 주어야 한다. 굳이 한 명이 수고해야 한다. 애초에 내가 뒤에서 걸으면 누구도 그런 수고를 할 필요가 없다. 동료가 이 마음은 읽지 못했는지, 다른 사람은 배려하지 않고 나만 배려해 준다.

다른 이유도 있었다. 누군가 공간을 만들어 주는 행동을 취함으로써 쓰지 않아도 될 에너지를 소비해야 한다. 아마 그 사람은 내가 될 것이다. 반대쪽에 있는 동료가 움직이는 수고를 하게 하면 나는 이기적인 사람이 된 듯 느껴져서 그가 움직이기 전에 내가 먼저 움직일 테니까. 그렇게 몸을 움직이고, 신경을 써서 발생하는 에너지 소모를 피하고 싶었다.

또한 함께 걸으면 나도 대화에 참여해야 한다. 별로 말하고 싶지 않았다. 일대일 상황이면 몰라도 여러 명이 걸으면서 대화하면 부산하다. 주변 소음에 대화 소리가 묻히니 더 신경 써서 대화에 집중해야 한다. 그리고 앞에 있는 장애물을 피하느라 정신이 분산돼서 대화에 집중이 잘 안 된다. 그만큼 에너지를 소모해야 한다는 말이다. 에너지를 소모한 만큼 피로가 쌓인다. 피곤해지기 싫어서 혼자 떨어져 걸었다. 정리하면 착한 사람 콤플렉스와 피로 때문에 혼자 걸었던 것이다.

하지만 이제 더 이상 혼자 걸을 수 없게 되었다. "오라" 하는데 "싫어요" 할 수 없으니 억지로 곁으로 이동했다. 그렇게 식당에 도착할 때까지 셋이 나란히 걸었다. 맞은편에서 사람이 올 때마다 비켜주는 수고를 감수하면서 말이다.

나에게 "오라"고 말한 동료가 나의 마음을 알고 나면 "참 독특한 사람이네" 하고 말할지 모르겠다. 혹시라도 그렇게 생각한다면 나도 인정한다. 내 생각과 행동이 독특하다는 걸 인정하는 게 아니라, 다른 사람 눈에는 그렇게 보일 수 있음을 인정한다는 말이다.

나는 내가 독특한 사람이라고 생각하지 않는다. 내 성향이 그런 것뿐이니까. 일부러 독특하고 싶어서 그런 거라면 정말 독특한 사람이라고 할 수 있지만, 내 기질이 그래서 그런 거니 나는 전혀 독특하다고 생각하지 않는다. 도리어 독특하다고 생각하는 게 더 이상한 거라고 생각한다. 다른 사람의 기질을 독특하다고 생각하며 모두 같아야 한다는, 사람의 기질을 획일화하는 것이야말로 이상한 거라고 생각한다.

모든 사람이 똑같이 생각하고 행동해야 한다는 법은 없다. 모든 사람은 똑같을 수 없다. 생각이 다르고, 타고난 기질이 다르니까.

눈, 코, 입이 똑같이 생긴 일란성쌍둥이마저 생각과 습관이 다르다. 그런데 전혀 다른 환경에서 나고 자랐으며, 심지어 기질이 다른 너와 내가 어떻게 같을 수 있겠는가. 더욱이 후천적 환경, 공산주의 사회에 사는 사람조차도 다르다. 어릴 적부터 똑같은 사상을 주입받고, 행동을 통제받은 환경에서 사는 사람조차도 생각과 행동이 100% 똑같이 발현되지 않는다. 그런데 서로 뚜렷이 구별되는 각각의 사람이 어떻게 똑같이 사고하고 행동할 수 있을까. 똑같이 사고하고 행동하는 것이야말로 이상한 것이다.

그럼에도 우리는 누군가 내 생각과 다르게 행동을 하면 '다르다'고 생각하지 않는다. 다름을 인정하지 않는다. '틀리다'고 규정한다. '다름'과 '틀림'은 분명히 다르다. 그 둘을 구분 못 하는 건 심각한 오류다.

물론 '다른' 게 아니라 '틀리다'고 규정할 수 있는 생각과 행동이 있다. 특정 범주의 사고나 행동은 분명 '틀리다'고 규정할 수 있다. 시대나 사회마다 보편적으로 통용되는, '옳다, 그르다' 혹은 '맞다, 틀리다'고 사람들이 공통으로 합의하고, 동의하는 사고나 행동이 있다. 하지만 위에서 말한 내 행동은 그저 생각과 방식이 다른 것뿐이지 틀린 거라고 생각하지 않는다.

내향인과 외향인의 기질적 차이를 다른 게 아니라 틀리다고 규정한 채 내향인의 행동들을 '저 사람 왜 저래?'라는 시선으로 바라보는 사람들이 있다. 자신의 시선에 문제가 있다는 생각은 전혀 하지 않고 말이다. 참으로 답답한 노릇이다.

사교 모임(?)에 참석하면 꼭 나를 챙겨주는 사람이 있다. 좋게 말하면 신경 써줘서 고맙고, 나쁘게 말하면 괜한 오지랖 좀 부리지 말라고 말하고 싶다. 물론 나는 다른 사람의 반응을 신경 쓰는 내향인이라 보통은 고맙게 생각한다. 하지만 이따금, 내 컨디션이 좋지 않거나 나를 과도하게 신경 쓰면 '저 오지랖, 제발 좀 그만 신경 쓰면 좋겠다'라고 생각하며 속으로 거부감을 갖는다.

혹자는 이렇게 말할지도 모르겠다.

"그럼 튀는 행동을 하지 말던가!"

내 행동이 그리 튀던가? 내향인들끼리 모이면 내 행동은 전혀 튀지 않는다. 다 비슷한 행동을 하거나 서로의 기질을 암묵적으로 이해해주니까. 내 행동은 외향인들이 있는 자리에서, 그들의 레이더망에 꼭 걸린다. 외향인과 내향인이 뒤섞여 있을 때도 마찬가지다. 꼭 외향인만 나를 신경 쓴다. 그러니 내 입장에서는 외향인이 오지랖 떠는 것으로밖에는 안 보인다.

그래도 나는 외향인의 오지랖을 이해한다. 그건 그들만의 예민함이니까. 그들은 자신과 다른 행동을 이해하려 하기보다 어떻게든 지적하고, 자기 눈에 걸리적거리지 않게 고치려 하니까. 그래야 직성이 풀리니까. 그게 외향인의 기질이니 이해해야지. 나마저도 저들을 이해하지 못하면 나도 다른 사람의 행동을 '틀린' 걸로 규정하는 사람이 될 테니까.

keypoint

우리나라 사람은 틀린 것과 다른 것을 혼동한다. 다른 사람의 생각이 내 생각과 다르면 '틀리다'고 규정한다. '다르다'는 규정이 머릿속에 존재하지 않는다. '틀림'과 '다름'은 다르다. 다른 건 서로 같지 않은 거고, 틀린 건 한쪽이 잘못된 거다. 내향인의 성향은 틀린 걸까? 아니, 외향인과 다를 뿐이다. 내향인의 모습을 틀렸다고 규정하려면, 외향인에게도 동일한 규칙을 적용해야 한다. 내향인 눈에 외향인은 이상한 존재니까. 내향인이 잘못된 행동을 하면 틀리다고 말해도 되지만, 내향인의 성향은 그저 다른 거다.

내성적이라고 해서 꼭 민감한 것은 아닙니다

'아, 괜히 말했어. 내 말에 상처받은 거 아냐? 내 말에 기분 나쁘지 않았을까?'

'아, 이렇게 말했어야 했는데… 아니, 그 말을 아예 하지 말았어야 했는데… 아….'

나는 다른 사람 반응에 민감한 편이다. 누군가에게 아무 생각 없이 한마디 툭 던져놓고 후회하곤 한다. 생각하고 말을 했어도 좀 더 생각한 후에 말을 했어야 한다고 나 자신을 나무란다. 말뿐이겠는가.

행동으로 실수를 해도 마찬가지다. 왜 그런 실수를 했는지 자책하고, 나 자신을 혼낸다. 왜 그런 실수를 했냐며 '멍청한 그대여' 마음 속에 꿀밤을 날린다. '그럴 수도 있지' 하며 쿨하게 털어내고 싶지만, 그게 잘 되지 않는다. 털어내기는커녕 괴로움이 극에 달할 때까지 실수를 곱씹고 자책한다.

민감한 사람은 자기 자신에게 엄격하다. 자신의 생각과 행동에 규칙을 세운다. 자신이 정한 선을 넘는 걸 결코 허용하지 않는다. 그 선을 넘지 않았을 때 만족과 안정감을 느끼고, 선을 넘었을 경우에 세상이 무너진 듯 심한 괴로움을 느끼며 자신을 강하게 질책한다. 덜 민감한 사람이 보면 정신이 이상한 게 아닌가 싶을 정도로 자기 규칙을 철저히 지킨다.

남들보다 민감한 사람은 환경 변화에 예민하다. 외부 자극에 쉽게 영향을 받는다. 덜 예민한 사람이라면 인지하지 못하고 넘어갈 일도 무시하지 않고 반드시 잡아챈다. 그래서 스트레스를 쉽게 받는다. 다른 사람의 표정이나 행동, 주변에서 벌어지는 일들 등, 주변의 온갖 변화를 신경 쓰기에 정신이 쉽게 지친다.

민감한 사람의 특징은 내향인에게서도 발견된다. 그래서 사람들은 민감함과 내향성을 혼동한다. 동일한 것으로 취급한다. 내향인은 민감한 사람이라고 규정한다. 반대로 민감한 사람은 내향인일 거라고 생각한다. 그렇지 않다. 내향인이라고 해서 전부 민감하지는 않다. 내향인 중에 덜 민감한 사람도 있고, 매우 민감한 사람도 있다.

민감하지 않은 사람은 없다. 내향인이라고 해서 민감한 건 아니다.

외향인 중에도 민감한 사람이 있다. 덜 민감하고 더 민감하고, 정도의 차이만 있을 뿐이지 민감함은 내향인이든 외향인이든, 누구에게나 있다.

물론 내향인 중에 덜 민감한 사람보다 매우 민감한 사람이 더 많을 수는 있다. 민감함과 내향성은 쿵짝이 잘 맞기 때문이다. 둘 사이에는 공통점이 많다. 가령 민감한 사람은 환경 변화에 예민하다 보니 혼자 있는 걸 선호한다. 정서 안정에 도움이 되기 때문이다. 내향인도 마찬가지다. 밖에 나가거나 누굴 만나면 피로를 금세 느끼기 때문에 혼자 있는 걸 좋아한다.

민감함과 내향성이 공유하고 있는 특성이 있지만, 그렇다고 민감함과 내향성이 정비례하지는 않는다. 매우 민감한 사람이 모두 내향인은 아니다. 모든 내향인이 매우 민감하지는 않다.

내성적이라고 해서 꼭 민감한 건 아니지만, 공교롭게도 나는 내성적이면서도 민감하다. 민감하다고 해서 매우 민감한 건 아니다. 민감도를 1에서 10까지 수치화해서 10이 '매우 민감'이라고 한다면 나의 민감함은 4에서 6 사이 어딘가에 있는 것 같다. 매우 민감하지는 않다는 뜻이다. 매우 민감하지는 않다고 해도 어쨌든 민감하긴 하다. 하지만 다행히 내성적인 성향과 적절히 조화를 이루어서 남들에게 피해를 주지는 않는다.

매우 민감한 사람 중에 어떤 사람은 민감함을 외부로 발산한다. 다른 사람들에게 터트린다. 다른 사람의 기분은 신경 쓰지 않는다. 별

거 아닌 일로도 다른 사람에게 버럭 화를 내거나 짜증을 쏟아낸다. 아니면 자신만의 규칙을 전 국민의 법으로 만든다. 다른 사람들에게도 적용한다. 자신의 규칙에서 어긋나는 말이나 행동을 다른 사람이 저지르면 지적하고, 교정해 주려고 한다. 자신뿐만이 아니라, 다른 사람들도 피곤하게 만들고 피를 말리게 한다.

나는 그러지는 않는다. 나도 살아가는 데 있어 나만의 규칙이 있지만, 철저히 나에게만 적용한다. 그리고 그 규칙을 스스로 지키지 못했을 때 몹시 괴로워한다. 때론 가슴이 먹먹할 정도로 괴로워한다. 그것으로 그친다. 다른 사람에게는 나의 괴로움을 티 내지 않는다. 나는 내성적이니까. 나는 괴로움을 티 내는 것조차 남들에게 피해를 주는 것이라고 생각해서 감춘다.

내성적이라고 해서 꼭 민감한 건 아니라는 글을 써놓고, 나는 내성적이면서 민감하다고 글을 썼다. 아… 나는 이런 것까지 신경 쓰인다. 민감도가 4~6 정도 되니까.

keypoint

내향인은 내향적인 성향을 가진 사람이다. 민감한 사람이 아니다. 사람들은 내향성과 민감성을 같은 걸로 혼동하지만, 둘은 엄연히 다르다. 내향성은 '정신적 에너지가 외부로 향하지 않고 개인 내부의 자아에 유지되는 상태'(두산백과)를 말한다. 민감성은 '사소한 자극이나 사건으로 상처를 받고, 쉽게 흥분하는 성질'(두산백과)을 뜻한다. 내향인 중에 민감한 사람이 있지만, 모든 내향인이 민감한 건 아니다.

뼛속까지 내향인이지만 잘살고 있습니다

내가 놀 줄
모른다고요?

초등학교에 다닐 때 '놀 줄 아는' 친구들을 부러워했다. 부러워한 이유가 몇 가지 있다.

남녀 무리로 이루어진 그 녀석들은 우선 외모를 잘 꾸몄다. Guess, FILA 등 당시에 유행하던 메이커 옷을 입고 다니며 한껏 멋을 부렸다. 그리고 그네들은 노래를 즐겨 불렀다. 집 형편이 좋은 아이들은 동경의 아이템인 소니 워크맨이나 삼성 마이마이를 가지고 있었는데, 서태지와 아이들, 듀스, 마로니에 등의 카세트테이프를 사서 노래를 듣고 불렀다. 그뿐이랴. 어린 나이에도 남자 친구 혹은 여자 친구가 있었다. 이성 교제를 했다. 지금이야 유치원생들도 이성 친구를 만들지만, 당시에는 주로 노는 애들이나 이성 친구를 사귀었다. 이런 모습들이 참 부러웠다. 더욱이 그들의 넘치는 끼를 보노라면 경이롭게 느껴지기도 했다.

학예회나 수학여행 때 그들은 흡사 연예인이 되었다. 놀 줄 아는 그 녀석들은 어찌나 끼가 많은지, 학예회와 수학여행 장기자랑 시간을 독차지했다. 연극이나 노래, 춤으로 무대를 장악하며 급우들의 박수갈채와 환호성을 받는 모습이 얼마나 부러웠는지 모른다. 그들의 인기를 빼앗고 싶어서 무대에 서고 싶은 마음이 들었지만, 내성적인 성격 탓에 마음뿐이었다. 부러워만 하는 내 모습을 바라보며, 도대체 왜 이런 기질을 가지고 태어난 건지 나 자신을 원망하기도 했다.

초등학교 때만 그런 게 아니었다. 중학교, 고등학교, 대학교 그리고 군대에서도 마찬가지였다. 남들 앞에 서는 것을 두려워하지 않고, 언제 어디서든 잘 노는 사람들을 부러워했다. 항상 부러워만 할 뿐, 나는 그 무대의 중심에 서지 못했다.

어릴 적에는 나의 내성적인 기질을 탓하기만 했다. 다행히 나를 왜 이런 기질로 낳아 주신 건지, 한 번도 부모님을 원망하진 않았다. 철없는 나이에도 그저 내 기질을 답답해하기만 했다.

나의 기질을 답답해하면서도, 희한하게 바꿔보려는 시도는 한 번도 하지 않았다. 여느 사람 같으면 달라져 보려고도 했겠지만, 나는 내 기질에 불만족스러워하면서도 바꾸려 하지는 않았다. 그저 순응

할 뿐이었다. 돌아보면 그조차도 내성적인 기질 때문인 듯하다.

'기질이 이런 걸 어떻게 하겠나.'

이런 생각을 한 것도 아니다. 그냥 받아들였다. 내성적인 기질을 바꿔서 뭐 하겠나. 자포자기는 아니고 불가항력으로 받아들였거나 운명이라고 생각하며 순응한 것 같다. 바꾸려는 의지도 없었고, 바꿔서 뭐 하나라는 생각을 한 것도 아니다. 내 기질에 대한 불만은 답답한 마음이 잦아들면서 함께 씻겨 내려갔다. 씻겨 내려간 후에는 기질에 대한 생각도 사라졌다.

이제는 그러려니 한다. 잘 노는 사람들을 부러워하지 않는다. 내 기질에 젖어 들었다고 해야 할까? 지금은 내성적인 기질에 그리 불만을 갖지도 않고, 그냥 그러려니 한다. 그리고 언제부터인지는 모르겠지만, 이런 생각을 하기 시작했다.

'저들과 나는 노는 방식이 다른 것뿐이야. 저들은 잘 놀고, 나는 못 논다고 선을 그을 수 있는 문제가 아니야. 저들은 저들의 방식, 기질대로 노는 것이고, 나는 나의 기질대로 노는 것뿐이야. 그러니 굳이 부러워할 필요 없어. 나는 내 기질대로 놀면 되는 거야.'

이게 맞다고 생각한다. 누가 더 잘 놀고, 못 놀고의 기준은 없다고 생각한다. 회사나 동호회 모임에서 앞으로 뛰쳐나가 목청껏 노래 부르고 춤을 추면 잘 노는 것이고, 자리에 앉아서 웃으며 박수만 치면 못 노는 것일까? 아니, 그저 노는 방식이 다른 것뿐이다.

외향인은 앞으로 나가야 흥을 더 많이 느끼고, 내향인은 자리 앉아

박수만 쳐도 흥을 양껏 느낀다. 물론 내향인은 기질 때문에 앞에 나가지 못하는 건 사실이다. 사람들 앞에 서는 게 쑥스럽고, 사람들의 주목받는 게 부담스러우니까. 내향인이 앞에 나가지 못하는 근본적인 이유가 기질 때문이지만, 그래도 노는 데는 아무 지장 없다. 기질이 어쨌든 자기 방식으로 잘 노니까. 하지만 사람들은 여러 사람이 있는 자리에서는 앞으로 나오고, 노래방에서는 마이크를 들어 노래를 불러야 잘 노는 거라고 생각한다. 그건 틀렸다고 생각한다.

이제야 드는 생각이지만, 나도 놀 줄 안다. 나도 잘 논다. 물론 사람들이 생각하는 방식으로는 아니다. 모임이나 야유회에서 혼자 앞에 서서 장기자랑을 하라고 하면 절대 못 한다. 원치 않게 불려 나가면, 분위기가 깨지더라도 손사래를 치며 내려온다. 속으로는 이렇게 외치면서 말이다.

'그러게 왜 불러냈어? 나가기 싫다고 말했잖아! 불러내지 않았으면 분위기 깨질 일도 없는데, 왜 억지로 불러내서 분위기를 이렇게 만들어!'

노래방에서 사람들이 왜 노래 안 하냐고 손에 억지로 마이크를 쥐여주면, "노래를 못한다"고, 아니면 "가요를 듣지 않아서 아는 노래가 없다"고, 혹은 "옛날 노래와 발라드밖에 몰라서 내가 노래 부르면 흥겨운 분위기가 깨진다"고 말하며 마이크를 내려놓는다. 그래도 다시 손에 마이크를 쥐여주면 마지못해 몇 곡 부른다. 애절한 발라드를. 그러면 다시는 시키지 않는다(거봐. 분위기 깨진다니까).

사람들이 원하는 방식대로 놀지는 않지만, 나만의 방식으로는 잘 논다. 누군가 앞에 나가 장기자랑을 하면 힘껏 환호해주고, 노래를 부르면 열심히 탬버린을 흔들어 준다. 말하자면 내가 노는 방식은 '리액션'이지 '주도적인 액션'이 아니다.

사람들은 주도적으로 액션을 취해야만 잘 노는 거라고 생각하지만, 나는 다르게 생각한다. 앞서도 말했듯이 사람마다 노는 방식은 다르다고 말이다.

이렇게 노는 사람이 있는가 하면 저렇게 노는 사람이 있는 거다. 다시 말해서 외향인은 에너지를 분출하며 놀고, 내향인은 에너지를 응축하며 논다. 외향인은 발산, 내향인은 수렴, 각자 노는 방식이 다르다. 물론 외향인이라고 해서 무조건 앞으로 뛰쳐나가는 건 아니고, 내향인이라고 해서 앉아만 있는 건 아니다. 어쨌든 간에 각자 방식대로 놀 때 흥겹게 놀 수 있다. 외향인에게 "나대지 말고 가만히 앉아서 박수만 치고 놀라"고 해보자. 좀이 쑤셔서 제대로 놀지 못할 것이다.

그러니 굳이 내 방식을 다른 사람에게 강요하지 말자. 다른 사람이 어떻게 놀건 신경 쓰지 말자. 외향인은 내향인에게 '도대체 바보같이 왜 저렇게 놀 줄 모를까'라고 생각할 필요가 없고, 내향인은 외향인에게 '왜 저렇게 꼴 보기 싫게 자꾸 나대'라고 생각할 필요 없다. 나만 내 방식대로 신나게 놀면 된다. 그러면 모두가 어우러져 재밌게 놀 수 있다.

keypoint

외향인은 놀 줄 알고, 내향인은 놀 줄 모를까? 잘 놀고 못 놀고를 가르는 기준이 뭘까? 왁자지껄 떠들고, 무대 위에 뛰어올라야 잘 노는 걸까? 아니다. 가만히 앉아서 박수만 치더라도 그 순간을 거북해하지 않고 웃으며 즐길 줄 알면 잘 노는 것이다. 외향인과 내향인은 서로 노는 방식이 다르다. 외향인은 에너지를 외부로 분출하며 놀고, 내향인은 겉으로는 잠잠해도 내부에서 요란할 뿐이다. 수면 위에 떠 있는 백조의 모습은 우아하지만, 수면 아래 다리는 정신 없는 것처럼 말이다.

가장 좋아하는 여행지는 방구석입니다

나는 방구석을 좋아한다. 방에 한 번 틀어박히면 밖에 나가지 않는다. 집 밖은 위험하니까.

나는 집에서 한 발짝만 나가도 피곤이 몰려온다. 집 밖에 나가면 몸이 즉시 반응한다. 집 밖에만 나가면 멀쩡하던 눈에 뭐가 끼인 것처럼 갑자기 뻑뻑하고 뿌옇게 된다. 눈이 급 피곤해진다. 바깥공기가 이상한 것도 아닌데 말이다. 그것뿐이랴.

지나다니는 사람들을 보기만 해도 에너지가 소모되고, 피곤을 느낀다. 사람들과 한 게 아무것도 없는데 왜 에너지가 소모되냐고? 뇌가 가동하니까 그렇다. 이쪽저쪽 휙휙 지나다니는 사람들을 보는 순간 시각 정보가 뇌로 전달된다. 뇌는 그 정보들로 달리 무얼 하지 않아도, 인식하는 것 자체만으로도 에너지를 소비하게 된다. 그래, 여기까지는 좋다. 멍 때리면 되니까. 문제는 그다음이다.

밖에 나가면 가만히 있을 수 없다. 목적지가 있을 것이다. 목적지에 가려면 움직여야 한다. 움직이면 에너지가 소모된다. 이때 몸 자체를 움직이기 위한 에너지 소모는 별문제가 되지 않는다. 몸을 움직이기 위한 정신적인 활동이 문제가 된다. 몸이 어딘가 향하고 있다는 건, 그 이면에는 뇌가 끊임없이 활동하고 있음을 뜻한다. 사람들을 피하고, 차에 타고, 계단을 오르고… 가다 서다를 반복하려면 뇌에서 쉴 새 없이 명령을 내려야 한다. 명령을 내린다는 건 에너지를 사용한다는 뜻이다. 바로 이게 문제다. 내가 집 밖에만 나가면, 달리 누굴 만나지 않아도 피곤을 느끼는 이유다. 여기에 누군가를 만나면? 더욱 피곤해진다.

그래서 학창 시절에는 방학을 하면 한 달 내내 밖에 나가지 않았다. 우리 집은 단독 주택이었는데, 마당에도 나가지 않았다. 마당이 뭔가, 방 밖에도 나가지 않았다. 밥 먹을 때와 용변을 볼 때 말고는 방에서 나가지 않았다. 방에만 있으면 답답하지 않냐고? 전혀 그렇지 않다. 오히려 반대다. 마음이 편하고, 에너지 소모도 거의 되지 않아서 유토피아가 따로 없었다.

내향인에게 방 밖의 모든 세계는 우범 지대이다. 외부에서 범죄가 일어난다는 면에서 우범 지대가 아니라, 내향인을 피곤하게 하는 요소가 즐비하다는 점에서 우범 지대라는 뜻이다. 거실이든 집 밖이든 정신적 에너지를 소모시키는 피곤한 장소다. 방 밖에만 나가면 신경 쓰이는 요소가 하나둘 늘어난다. 방과 멀어지면 멀어질수록 그 요소는 기하급수적으로 늘어난다. 외부 세계는 피곤한 곳이다. 별걸 다 피곤해한다고? 맞다. 별걸로 피곤을 느끼니 방에만 틀어박혀 있는 걸 선호하는 것이다. 그렇지 않다면 방 밖을 선호했겠지.

내향인에게 방은 가장 안전한 공간이다. 다른 건 전혀 신경 쓰지 않아도 된다. 나 자신 말고는 신경 쓸 게 없다. 내가 하고 싶은 것을 마음껏 할 수 있고, 신경 쓰게 하는 요소들에 신경 쓸 일도 없다. 나에게만 집중할 수 있다. 휴대폰을 만지작거리든, 뒹굴거리며 TV 프로그램을 보든, 영화를 보든, 잠을 자든, 책을 읽든 시간의 흐름에 힘 안 들이고 몸을 맡길 수 있다. 방은 이 세상에서 가장 안전하고 편안한 안식처이다.

그래서 내향인은 방 밖에 나가길 꺼려한다. 방 밖에만 나가면 피곤하니 나가기 싫다. 나가기 싫어서 웬만하면 집에만 있는다. 쉬는 날은 가능한 한 약속을 잡지 않는다. 심할 경우 용변을 제외하고, 먹는 것과 자는 것 모두를 방 안에서 해결한다. 방 안에서 자기만의 시간에 몰입한다. 외향인이 보기에 정신적으로 문제가 있는 게 아닌가 싶을 수도 있겠지만, 전혀 그렇지 않다. 아무 이상 없다. 지극히 정상적인 행동이다.

내향인의 방콕행은 질풍노도와 같은 청소년기의 반항이나 격변의 행위가 아니다. 외부와 철저히 단절하고, 자기만의 세계에 침잠하는 오타쿠 같은 행동도 아니다. 단지 그게 편해서 그러는 것뿐이다. 에너지 소모가 적어서 그러는 것이다. 신경 쓸 게 전혀 없고, 신경 쓸 게 없으니 피로가 쌓이지 않아서 방 안에 있는 걸 선호하는 것뿐이다. 몸과 마음을 가장 편하게 할 수 있어서 방에만 틀어박혀 있는 것이다. 단지 그것뿐이다.

학창 시절이 매우 그립다. 방학이 있으니까. 방학 동안에 방구석에서 나만의 자유와 쉼을 마음껏 누릴 수 있었으니까. 성인이 된 지금은, 아니 직장인이 된 지금은 그러한 자유와 쉼을 누릴 수 없다. 직장인에게도 방학이 있으면 좋겠다.

주말에 이틀을 쉬니 그나마 다행이다. 예전에는 주 5일제가 아니어서 토요일에도 출근을 했다. 기본 오후 1시까지 근무, 연장근무를 하는 날은 평일과 똑같이 6시 퇴근. 그때는 정말 싫었다. 오전에 반짝 일하려고 몇 시간씩 왔다 갔다 하는 것도 싫었고, 무엇보다 자유와 쉼을 누릴 시간이 그만큼 줄어드는 게 너무 싫었다.

하지만 지금은 이틀을 온전히 쉴 수 있으니 너무 좋다! 물론 방학에 비할 수는 없지만, 비슷한 기분을 짧게나마 느낄 수 있으니 그나마 위안이 된다. 한 주가 시작되는 월요일 아침이 되자마자 주말이 기다려진다. 하루하루 지나고 주말이 가까워지면 설렌다. 아, 주말이 이틀 남았다. 이틀만 이 악물고 버티자. 갑자기 주말 예찬론으로 글이 마무리되는 듯한데, 이 글은 내향인의 방구석 예찬론이었다는 걸 잊지 말길.

keypoint

'방구석' 내향인이 즐겨 찾는 여행지다. 내향인은 방구석 여행지를 수시로 찾는다. 정신을 분산시키고, 에너지를 빼앗는 위험 요인들이 전혀 없으니까. 내향인에게 집안은 해외요, 방은 최고의 숙소다. 방구석에 틀어박혀서 온갖 놀이를 하고, 자유를 누린다. 방에서 누구보다 재미있게 놀 수 있다.

'내향인' 하면 사람들은 이런 이미지를 떠올리지 않을까 싶다.

'소심한 사람'

'말수 적은 사람'

'수줍음 많은 사람'

'사교성이 부족한 사람'

이 이미지들을 이렇게 하나로 모을 수 있다.

'소심하고 수줍음이 많아서 말수가 적고 사교성이 부족한 사람'

한마디로 하면 '모질이'다. 나도 내향인이기에 나 자신에게 이런 꼬리표를 붙이고 싶지는 않지만, 이렇게 보는 사람이 있으니 어쩔 수 없이 불만족스러운 꼬리표를 붙여봤다. 근데 내향인은 정말 모질이일까? 아니, 나는 내향인이 결코 모질이가 아니라고 생각한다. 위에 언급된 특질들은 모자라서 그런 게 아니라, 그저 기질이 그런 거니까.

나도 내향인이기에 소심하고, 말수가 적고, 수줍음이 많으며 사교성이 부족하다. 하지만 나는 나 자신이 어디가 모자라다고 생각하지 않는다. 다른 모습을 보일 때가 있으니까. 나도 상황에 따라 대범하고, 낯가리지 않으며, 말이 많고, 누군가에게 먼저 말을 걸어서 친해지기도 한다. 그럴 만한 자극이 내부나 외부로부터 생기거나 그럴 만한 이유가 있을 때 나는 내 기질에 반하는 행동을 한다. 그런 일이 드물다는 게 함정.

사람들은 왜 자꾸 내향인에 대해 오해하는지 모르겠다. 사람들이 보는 모습과 내향인의 실제 모습은 다른데 말이다. 뭐, 사람들에게는 눈에 보이는 게 전부일 테니 이해한다. 정보가 한정되어 있으니 오해가 발생할 수밖에. 하지만 보이는 대로 생각하기보다 그 이면을 꿰뚫어 보고 해석할 수는 없는 걸까? 물론 넘겨짚으면 괜한 오해, 더 큰 오해를 할 수 있으니 넘겨짚을 때는 최대한 신중해야 한다. 그렇지만 인간은 위대한 사유 능력을 가지고 있지 않은가! 인간의 사유, 추론 능력은 여러 정보를 종합해서 사실에 근접한 결론을 낼 수 있을 만큼 위대하다! 하지만 그 능력을 사용하려면 관련 정보를 최대한 확보해야 하고, 지루한 분석 작업에 몰두해야 한다. 한마디로 부지런해야 한다. 그러나 사람들은 부지런하지 않다. 아니, 그보다는 주변에 있는 내향인 한 명을 그렇게까지 분석할 필요가 없지. 그럴 만큼 중요한 인물이거나 득이 되는 인물이 아닌 한 말이다.

어쨌거나 내향인에 대한 사람들의 생각은 오해다. 그중에 내향인이 말수가 적고, 소심해서 할 말도 못 할 거라는 생각은 크나큰 오해다. 내향인도 때론 말이 많고, 꼭 할 말은 하니까.

내향인은 불편한 자리에 있거나 말할 필요를 느끼지 못할 때는 아무 말 하지 않고 가만히 있는다. 사람들은 바로 이 모습을 보고 말수가 적다고 오해하는 것이다. 표면적으로야 말수가 적은 게 맞지만, 말 그대로 말수가 적은 것과 일부러 말을 하지 않는 건 전혀 다르다.

소심한 기질이 강한 내향인이라면 정말 말수가 적다고 할 수 있겠지만, 보통의 내향인은 일부러 말하지 않는 것이니 결이 조금 다르다. 일부러 말하지 않는 경우는 주로 두 가지 이유 때문이다. 말하는 것 자체가 피곤한 일이고, 이런저런 생각을 하느라 머릿속이 바빠서 대화에 끼어들지 못하는 것이다. 하지만 다른 상황에서라면 모습이 달라진다.

내향인도 말이 많아질 때가 있다. 편하거나 친한 사람과 만나면 말이다. 아무 말이나 편하게 나눌 수 있는 사람과 함께 있으면 상대방이 '어, 얘한테 이런 면이 있었나?'라는 생각을 할 만큼 수다쟁이가 된다.

또 하나, 불편하거나 친하지 않은 사람들과 대화할 때도 말을 아끼지 않을 때가 있다. 말을 많이 한다는 뜻이 아니다. 한참을 침묵하다가 하고 싶은 말이 있으면 어떻게든 한다는 말이다. 이 말은 꼭 해야겠다 싶으면 어떻게든 하고야 만다. 다만 그런 경우가 많지 않기 때문에 사람들은 보통 대화 내내 내향인이 한마디도 안 한 줄 안다. 정말 말을 한마디도 안 했을 수도 있겠지만, 혹 말을 여러 마디 했어도 대화에 금세 묻히기 일쑤다. 내향인은 꼭 하고 싶어서 한 말이지만, 사람들이 듣기에 너무 임팩트가 없어서 기억하지 못하는 경우가 많다. 그러니 한마디도 안 한 줄 알지.

나도 사람들과 대화할 때 할 말은 한다. 하고 싶은 말, 이 말은 꼭 해야겠다 싶으면 어떻게든 한다. 하지만 머릿속에 하고 싶은 말이 번뜩 떠오르고, 그 말이 입가로 내려와서 터져 나오기 직전의 상황이 돼도 굳이 말할 필요가 없겠다 싶으면 목구멍으로 삼켜 넘긴다.

사람들과 대화할 때, 아니 나는 말을 거의 하지 않으니 대화라고 하기에는 좀 그렇고, 사람들의 대화를 경청할 때 나도 수시로 할 말이 떠오른다. 하지만 열에 일곱은 쓱싹쓱싹 지운다. 세 가지만 내뱉는다. 그 정도로 말을 거의 하지 않는다. 오랜 시간 침묵하고 있다가 한마디 툭. 한마디 겨우 던지고는 또다시 오랜 시간 침묵. 한참 뒤에 또 한마디 툭. 늘 이러니 사람들은 내게 꼭 이렇게 말한다.

"너는 할 말 없어? 할 말 있으면 해."

나는 이렇게 대답한다.

"어, 할 말 없어. 할 말 있으면 할게."

속으로는 이렇게 생각한다.

'아까 말했는데. 할 말 생각나면 알아서 말할 텐데, 왜 자꾸 말을 하라고 그래.'

알아서 말을 하는데, 사람들의 반응이 못마땅해서 혼자 속으로 뾰로통해진다. 한두 번 겪은 일이 아니라 이제 적응이 될 법한데, 도무지 적응이 안 된다. 겉으로는 웃어넘기지만, 속으로는 '또 그 말이야?' 질린다.

사람들이 자꾸 그러니 한때 말을 많이 해보려고도 했다. 하지만 역시나, 실패했다. 말을 많이 하는 건 내 스타일이 아니니까. 내 몸에는 수다 기능이 탑재되어 있지 않으니까. 내향인인 내게 미덕은 수다가 아니라 경청이다. 바꿀 수 없는 걸 억지로 바꾸려 하면 스트레스만 받고 탈이 난다. 그래서 내 모습을 바꾸길 포기했고, 사람들의 말에 그냥 계속 웃어넘기기로 했다. 어쨌든 말을 하고 싶을 때는 하니까. 그걸로 만족한다.

keypoint

내향인도 할 말은 하고 산다. 말을 할 줄 모르고, 할 말도 못 하는 바보가 아니다. 내향인이 평소에 조용한 건 말을 못 하는 게 아니다. 단지 평소에 잠자코 있을 뿐이다. 말을 할 필요성을 느끼지 못하니까. 아무리 평소에 조용한 내향인이라지만, 편하거나 친한 사람을 만나면 말이 많아진다. 아무 말이나 편하게 나눌 수 있는 사람과 함께 있으면 상대방이 '어, 얘한테 이런 면이 있었나?'라는 생각을 할 만큼 수다쟁이가 된다.

생각보다 다정하고 말이 많습니다

"차갑고, 냉정한 사람인 줄 알았어요."

예전에 누군가에게 들은 말이다. 처음 만나는 사람 앞에서 워낙 말이 없고, 묻는 말에만 대답하고, 단답형으로 대답하다 보니 나에 대해 부정적으로 인식을 하는 사람이 꽤 있었다. 부정적인 인식은 나와 친해지고 나서야 깨졌다. "이런 면이 있었어?" 나와 친해진 사람들은 놀란다. 처음 본 모습과 사뭇 달라진 모습에 말이다.

내향인에 대한 인식은 대체로 비슷하지 않나 싶다. '차가운 사람', '말수가 적은 사람' 부인할 수 없는 사실이다. 겉모습만 놓고 보면 말이다. 내향인이 말이 없는 건 사실이지 않은가. 처음 만난 사람과는 말 한마디 하지 않으니 뭐라고 부인할 수가 없다. 차갑다는 말에도 할 말이 없다. 겉으로 드러나는 모습은 그렇게 보일 수도 있으니까. 전형적인 츤데레다. 츤데레가 나쁜 건 아니다. 겉은 차갑지만 속은 따뜻하니까. 내향인들은 정말 그렇다. 표현을 하지 않아서 그렇지, 속은 매우 따뜻하다. 그리고 친한 사람과는 스스럼없이 말을 한다.

나는 처음 만나는 사람과 대화하는 게 너무 어색하다. 불편하다. 어떤 말을 해야 할지 모르니까. 잘 모르는 사람에게 말을 걸어야 한다는 사실이 굉장히 부담스러우니까. 그래서 첫 대면 순간 굉장히 조용하다. 하지만 머릿속으로는 오만 가지 생각을 한다. 겉으로는 어색한 척, 아무 생각하지 않는 척하지만 속으로는 엄청 떠든다. 시끄럽다.

'먼저 말 좀 걸어주지.'
'무슨 말을 해야 하지?'
'빨리 이 자리에서 벗어나고 싶다.'
'내가 왜 이 자리에 나왔을까.'

내 마음속 수다쟁이가 입을 열어 쉴 새 없이 떠든다. 그런데 시간이 지나면 재미있는 일이 벌어진다. 상대가 편해지기 시작하면 아까 마음속으로 했던 생각들을 언제 했냐는 듯한 모습을 보인다. 이런저런 말을 하기 시작한다. 시키지도 않았는데 말이다. 마음속 수다쟁이에서 벗어나 진짜 수다쟁이가 된다. 편해지면 말이다. 그렇다고 외향인처럼 쉴 새 없이 떠드는 건 아니다. 처음 모습에 비해 말이 많아진다는 뜻이다.

내가 봐도 내향인은 정말 신기한 존재다. 조용하지, 수줍음 많지, 어색해하지, 관계에 서툴지…. 외향인은 이런 내향인을 보고 어떤 생각을 할까? 내가 외향인이 아니라서 잘 모르겠지만, '희한한 사람들이네'라는 생각을 하지 않을까 싶다. 외향인과 비교해서 내향인이 관계에 서툰 건 사실이지만, 내향인도 나름의 방식으로 관계를 맺는다. 외향인이 보기에 이상할 뿐 내향인은 자신의 방식이 전혀 이상하지 않다. 지극히 자연스럽다.

내향인은 처음에만 어색해한다. 처음 보는 사람을 말이다. 외향인은 처음 보는 사람이라도 스스럼없이 말을 걸지만, 내향인은 그렇지 않다. 상대가 무안할 만큼 가만히 있는다. 먼 산을 본다. 상대가 싫어서가 아니다. 상대를 무시해서도 아니다. 그저 어색해서 그런 거다. 어색하니까 딴짓을 하는 거다. 말을 걸 용기가 나지 않아서 가만히 있을 뿐이다. 불편한 공기를 억지로 맡고 있는 거다. 그로 인해 무례하거나 차갑다는 말을 듣는다. 원인 제공은 했지만, 명백히 오해다.

누군가와 처음 만나면 내향인은 상대가 먼저 말을 걸어주길 바란다. 먼저 말을 걸 자신이 없으니까. 상대가 말을 걸어준다고 해서 말이 술술 나오는 건 아니다. 계속 말을 걸어주어야 입이 조금씩 열린다. 다시 말하지만, 일부러 입을 닫고 있는 게 아니다. 입을 떼고 싶지만, 떨어지지 않을 뿐이다.

상대가 말을 걸어주면 한고비를 넘긴 셈이다. 이제부터 시작이다. 계속 말을 걸어주면 어색한 게 점점 사라진다. 어색함이 사라지면서 말이 늘기 시작한다. 상대가 먼저 말을 걸어주지 않아도 말이 술술 나온다. 그렇다고 외향인처럼 왁자지껄하지는 않다. 차분하고 조분조분 하고 싶은 말을 이어나간다. 언제 그랬냐는 듯이 대화가 오고 간다.

또 한 가지 내향인은 타고난 배려쟁이다. 누구보다 다정하다. 겉은 차가워 보이지만 속은 정말 따뜻하다. 표현을 잘 못 할 뿐이다. 우리 부부의 연애사를 들은 사람들은 죄다 놀란다. 겉으론 전혀 그렇지 않을 것 같은데 엄청난 사랑꾼이었기 때문이다! 내가 얼마나 사랑꾼이 었는지 딱 두 가지만 예로 들겠다. 우리는 첫 만남부터 결혼까지 정확히 8개월이 걸렸다. 나는 사귀기로 한 날부터 결혼 전날까지 아내 몰래 한 장 한 장 편지를 썼다. 무려 7개월 동안 쓴 편지를 한데 모아 손수 풀질하고 바느질을 해서 책으로 만들었다. 그리고 그 책을 결혼한 후 아내에게 서프라이즈! 선물해줬다. 책을 받아든 아내가 얼마나 감동하던지…. 우리 부부는 결혼 8년 차다. 결혼 전에 아내에게 한 약속이 있다. 집안일은 내가 다 하겠노라고. 나는 그 약속을 지금까지 한 번도 어기지 않았다. 빨래, 설거지, 청소, 분리수거 등 모든 집안일은 내가 혼자 처리하고 있다. 아내를 향한 나의 사랑 표현이다. 이런 내 모습을 아는 지인들은 우리 부부를 부러워한다. 그리고 아내들은 남편들을 타박한다. 당신은 뭐 하는 거냐고. 미안합니다. 남편 여러분.

내향인은 태생적으로 감성적이고, 세심하다. 기질이 그렇다. 그래서 사람들의 말과 행동을 세심하게 신경 쓴다. 사람들의 말과 행동을 뇌 저장소에 잘 담아두었다가 필요할 때 그 정보들을 출력한다. 사람들은 별걸 다 기억하고 신경 쓰는 내향인의 세심함에 놀라곤 한다. 단, 친해졌거나 상대가 편할 때만 출력을 한다. 그러니 차갑다는 말을 들을 수밖에. 하지만 친해지고 나면 전혀 다른 모습에 놀라 나자빠진다. 이렇게 세심하고 다정한 사람이었냐며 말이다.

keypoint

내향인은 다정한 사람이다. 사람들은 내향인이 차갑고 말이 없다고 생각하지만, 그렇지 않다. 친하지 않은 사람과 함께 있으면 할 말이 없어서 말하지 않고 가만히 있는다. 사람들은 그 모습을 차갑고 말수가 적다고 인식한다. 사람들이 차갑다고 인식하는 그 모습조차도 내향인은 상대를 세심하게 신경 쓰고 있는 상태다. 말을 많이 하면 싫어하지나 않을까 고민하고 있으니까.

자발적
아웃사이더입니다

나는 아웃사이더다. '자발적 아웃사이더' 말이다. 그게 뭔 말이냐라고 묻는 사람이 있을지도 모르겠다. 아웃사이더면 아웃사이더지 자발적은 또 뭐냐고 말이다. 말 그대로 나는 나 스스로 아웃사이더가 되었다. 혼자 있는 걸 선호한다는 말이다.

'아웃사이더' 하면 '왕따'를 떠올리는 사람이 있을 것이다. 둘은 서로 다르다. 아웃사이더는 능동적이다. 스스로가 선택한 거다. 반면 왕따는 강제적이다. 선택한 게 아니라 당하는 거다. 아웃사이더(Outsider)는 '테두리 밖에 있는 사람'이라는 뜻이다. 사전적으로는 '사회의 기성

틀에서 벗어나서 독자적인 사상을 지니고 행동하는 사람'(표준국어대사전)을 뜻한다. 아웃사이더는 '아싸'라는 신조어로 사용되는데, 아싸는 '혼자 노는 사람'이라는 뜻이다. 왕따는 괴롭힘을 당하는 대상이고, 아싸는 단순히 혼자 노는 성향이 강한 사람이다.

내가 자발적 아웃사이더를 택한 이유가 있다. 그게 편하니까. 나뿐이랴. 내 동족들도 나와 같으리라.

내향인들은 상당수가 태생적으로 아웃사이더다. 외향인은 보통 '인싸'다. 인간관계 안으로 들어간다. 무리 중심에 서서 무리를 이끈다. 반면 내향인들은 무리 밖에 머문다. 무리 안에 존재하는 또 다른 무리라고 할 수 있다. 무리 안에 있지만, 무리와 어울리지 않는다. 몸만 함께할 뿐 영혼은 다른 데 가 있다. 그렇다고 대화를 일절 하지 않거나 사람들의 대화를 듣지 않는다는 말이 아니다. 다른 사람의 말을 전부 듣고, 맞장구도 잘 친다. 하지만 말은 별로 하지 않는다. 누군가 말을 걸지 않는 한 말이다.

그리고 내향인은 모임에 잘 참석하지 않는다. 인싸들은 자신을 불러주는 모임은 마다하지 않고 참석한다. 오히려 사람을 불러 모은다. 하지만 내향인은 불러주는 모임에도 잘 나가지 않고, 꿈에서도 주도적으로 모임을 만들지는 않는다. 자발적 아웃사이더니까. 혼자 있는 게 편하니까.

외향인들은 이런 내향인의 모습을 보며 숫기가 없다고 생각할 것이다. 아니다. 숫기가 없는 게 아니다. 그저 자발적 아웃사이더라는 캐릭터에 충실할 뿐이다. 외향인들은 모임에서 한마디도 하지 않는 내향인, 아니 자발적 아웃사이더를 보고 발언 기회를 준다. 하지만 아웃사이더는 그 기회를 덥석 잡지 않는다. 정중히 사양한다. 단답형으로 말을 하거나 할 말만 하고 만다. 말주변이 없어서이기도 하고, 말하는 것보다 듣는 게 편하기 때문이기도 하다. 더하여 자발적 아웃사이더라는 정체성을 유지하려는 이유도 있다. 어떤 이유 때문인지는 그때그때 다르다. 말주변이 부족해서일 수도 있고, 듣는 게 편해서일 때도 있다. 그리고 무리 사이에서 혼자 떨어져 있고 싶기 때문이기도 하다. 그때그때 다르기 때문에 딱 잘라 말할 수는 없다. 이유가 뭐든 간에 아웃사이더이고 싶은 마음은 동일하다.

내향인은 은둔형 외톨이가 아니다. 은둔형 외톨이는 '집 안에만 칩거한 채 가족 이외의 사람들과는 인간관계를 맺지 않고 보통 6개월 이상 사회적 접촉을 하지 않은 사람'('은둔형 외톨이', 대중문화사전)을 가리킨다.

은둔형 외톨이는 사회 부적응의 한 형태이다. 사람들과의 접촉을 기피하는 증상이다. 내향인의 성향은 그것과 다르다. 내향인이 자발적 아웃사이더가 된 건, 선택의 결과이지 부적응의 결과가 아니다. 사람들과 접촉을 두려워하거나 기피하는 게 아니다. 그저 자신이 편한 걸 택한 거다. 사람을 만나야 할 때는 만난다. 다만 사람을 만나면 피곤하고, 이것저것 신경 써야 하기 때문에 모임에 잘 참석하지 않는 것이다.

내향인이 평소에 자발적 아웃사이더라고 해서 늘 그런 건 아니다. 나름 인싸가 될 때도 있다. 편한 사람들과 만나는 건 좋아한다. 친한 사람이 만나자고 하면 기꺼이 만난다. 죽이 잘 맞는 사람들과 만나면 인싸가 된다. 입을 꽤 많이 연다. 외향인처럼 쉴 새 없이 떠드는 건 아니지만 리액션도 활발하고, 수시로 말을 하며 대화에 적극적으로 참여한다.

얼마 전에 친한 부부 모임이 있었다. 아들이 다니는 어린이집을 통해 알게 된 커플들이다. 무려 8명이 모였다. 그 모임에서는 자발적 아웃사이더 모드를 해제했다. 적극적인 대화 가능 범위인 3명을 넘었기에 자발적 아웃사이더 모드로 들어갈까도 했다. 그 모임에서 아싸가 되었어도 다들 이제는 이상하게 생각하지 않을 테니까. 나에 대해 잘 알고 있어서 나는 신경 쓰지 않고, 재밌게들 떠들었을 것이다. 하지만 나는 인싸가 되어 함께 왁자지껄 떠들고, 하하 호호 즐거운 시간을 보냈다. 다른 사람들처럼 계속 얘기한 건 아니지만, 평소 내 모습과 달리 꽤 많이 말을 했다. 이렇게 나는 상황이나 모임 성격에 따라 아싸가 되기도 하고, 인싸가 되기도 한다. 내가 하고 싶은 대로 한다.

한 가지 신기한 사실이 있다. 어느 모임에 참석하든 사람들은 내 존재를 잊는다. 자발적 아웃사이더 모드를 가동시켜서 조용히 있으면 있는 줄도 모른다. 내 존재는 신경도 쓰지 않고, 자기들끼리 한참을 신나게 떠든다. 그러다 어느 순간 갑자기 내가 번쩍거리며 눈에 들어오나 보다. 내 존재가 느껴지면 그제야 말을 건다. 내가 대답을 하면, 다시 나를 잊고 자기들끼리 또 떠든다. 아무래도 내게는 인기 척을 없애는 능력이 있나 보다.

keypoint

내향인은 '자발적 아웃사이더'이다. 수동적으로 사람들을 피하는 사회 부적응의 한 형태인 '은둔형 외톨이'가 아니다. '자발적 아웃사이더'는 스스로 선택한 결과이다. 사람들과 만나면 신경 쓸 게 한두 가지가 아니고, 이것저것 신경 쓰다 보니 피곤해서 사람들과 만나는 걸 피한다. 하지만 스스로 사람들을 피했기 때문에 자신이 필요할 때는 언제든 사람들을 만난다.

내 주특기는
경청입니다

대화할 때 가장 필요한 게 뭘까? 누군가는 말 기술을 꼽을 테고, 또 어떤 누군가는 듣기라고 말할 것이다. 혹은 시선, 맞장구를 말하는 사람도 있을 것이다. 사람마다 다르게 주장하겠지만, 나는 '경청'이라고 말하고 싶다.

경청(傾聽)은 귀를 기울여 듣는다는 뜻이다. 상대방이 말을 할 때 다른 생각이나 행동을 하지 않고, 주의 깊게 듣는 게 경청이다. 하지만 많은 사람이 이것을 잘하지 못한다. 어려워한다. 굉장한 집중력과 인내력이 필요하기 때문이다.

상대가 하는 말을 가만히 듣고만 있는 건 무척 어렵다. 논리정연하고, 필요한 말을 짧게 하면 듣기 쉽다. 하지만 많은 사람이 그렇게 말을 하지 못한다. 상당히 많은 사람이 말을 어수선하게 한다. 무슨 말을 하는지 자신도 헷갈리는 말을 하곤 한다. 그런 말을 듣는 게 얼마나 괴롭겠는가. 하품을 하지 않으면 다행이다.

경청은 대화의 시작이자, 끝이다. 아니 대화의 완성이다. 듣는 사람이 경청하지 않으면, 말하는 사람은 혼잣말을 하는 것이나 다름없다. 서로 상대의 말을 귀 기울여 들으면 대화가 즐거워진다. 대화의 맛을 느낄 수 있다. 반대로 상대가 말을 할 때 다른 생각을 하면 대화는 지루해진다. 그런 면에서 경청은 대화의 완성이라고 할 수 있다.

외향인의 주특기는 말하기이고, 내향인의 주특기는 듣기이다. 외향인은 에너지가 외부로 향하기 때문에 속에 있는 에너지를 발산해야 한다. 에너지를 발산할 때 가장 유용한 도구가 말이다. 외향인은 에너지를 뿜어내야 속이 편하기 때문에 말이 많다. 다른 사람이 말할 때 가만히 듣고 있지를 못한다. 듣고만 있는 걸 못 견딘다. 반면 내향인은 에너지가 내부로 향하기 때문에 웬만해서는 에너지를 밖으로 발산하지 않는다. 에너지를 속에 담고 있다. 속에 담고만 있기 때문에 말하기보다 듣기를 즐겨한다. 그게 마음이 편하고, 에너지를 유지하는 비결이다.

외향인은 경청을 전혀 하지 않는다는 뜻이 아니다. 그런 오해는 하지 말길. 외향인 중에는 다른 사람의 말을 귀 기울여 듣는 사람이 당연히 있다. 외향인이라고 주구장창 말만 하지는 않는다. 외향인의 성향이 그렇다는 말이다.

어쨌든 내향인은 성향상 경청을 잘할 수밖에 없다. 경청을 잘하기 때문에 종종 신기한 일이 벌어진다. 내향인들은 관상이 같나 보다. 시키지 않아도 다른 사람이 스스로 내향인에게 고민을 털어놓는다. 그게 당연한 게, 속마음을 털어놓게 만든다. 말을 잘 들어주니까. 한마디도 안 한 채 연신 맞장구를 쳐주니 신이 나서 속에 담긴 말을 다 털어놓게 된다.

아내는 스스로 내성적이라고 말하지만, 아무리 봐도 외향인이다. 그녀는 에너지를 담고 있지 못한다. 어떻게든 분출한다. 다른 사람과 대화할 때 가만히 있지 못하고, 계속 말을 한다. 그 모습만 보면 천상 외향인이다. 그런데 아내에게 정말 신기한 일이 종종 벌어진다. 생전 처음 만난 사람이 아내에게 별 말을 다한다. 가족 얘기, 직장 얘기 등 물어보지 않은 말을 술술 쏟아낸다. 병원에서 옆에 앉은 사람이, 식당에서 밥을 먹으려 웨이팅을 하는데 옆에 있는 사람이 뜬금없이 그런 모습을 보인다. 아내가 말을 유도한 것도 아닌데 알아서 말을 한다. 그런 걸 보면 아내는 완전한 외향인은 아니다. 외향성이 좀 더 강하고, 내향인의 기질도 가지고 있다고 볼 수 있다. 아내의 주특기는 말하기이지만, 때론 경청도 곧잘 하기 때문에 처음 보는 사람의 상담사가 되어줄 수 있는 것이다.

나는 자칭 내향인이다. 다른 사람이 봐도 내향인이다. 아무 말을 하지 않고, 마주 보기만 해도 첫눈에 내향인으로 보인다. 이 책이 출간되고, 혹시나 독자와의 만남을 하게 된다면 다들 나를 보자마자 '아하~'라는 반응을 보일 거라고 장담할 수 있다. 그렇지 않다면 그 순간부터 나는 외향인처럼 행동하겠다. 그 정도로 확신한다.

아무튼 나는 내향인인이기 때문에 내향인에 충실하게 살아간다. 누구와 만나든 어김없이 주특기를 발휘한다. 상대가 말하면 가만히 듣는다. 상대의 말을 자르지 않고 끝까지 듣는다. 기본적으로는 말이다. 대화를 중단해야 할 다른 볼일이 있거나 꼭 해야 할 말이 있을 때 혹은 말을 자르지 않으면 안 될 만큼 엉뚱한 말을 하지만 않는다면 말이다.

그래서일까? 사람들은 나와 대화하면 말이 많아진다. 다른 사람이 말을 술술 내뱉는 모습을 보면 내심 뿌듯하다. 한편으로는 미안한 마음도 든다. 내가 말을 너무 안 해서 억지로 말을 하는 건 아닌지, 그 때문에 대화를 그만하고 싶은 건 아닌지 어느 순간 걱정을 하게 된다. 나는 뼛속까지 내향인이기 때문에 대화하다 말고 그런 걱정도 한다. 내향인의 성향이 어디 가겠는가.

keypoint

    외향인은 말하기를 좋아한다. 내향인은 듣기를 좋아한다. 외향인은 에너지가 외부로 향하기 때문에 말을 통해 속에 있는 에너지를 발산한다. 내향인은 에너지를 내부에 담고 있기 때문에 듣기를 선호한다. 그래서 굳이 가르자면 내향인은 경청을 잘한다. 외향인은 성향상 대화 중에 자기 말을 더 많이 한다. 심지어 상대의 말을 자르기도 한다. 내향인은 반대로 말을 더디 하고, 오래 듣는다. 잘 들어주는 일, 그게 내향인의 주특기이다.

이제 외향인인 척하지 않겠습니다

'나는 외향인이 될 수 없다. 아니, 나는 외향인이 될 필요가 없다.'
몇 년 전에 든 생각이다.

나는 한때 외향인이 되기 위해 노력했다. 외향인을 닮으려고 했다.
사람들을 만나면 일부러 한마디라도 더 했고, 회사에서는 활달하고
유쾌한 사람인 척했다. 그러고 싶어서 그런 게 아니다. 그렇게 하기
를 강요받아서다.

(다른 장에서 우정 출연한) 투 머치 토커(Too Much Talker)인 전 직장
의 팀장은 부하직원들이 자신처럼 말을 많이 하길 원했다. 회의 때

떠오른 아이디어는 물론이고, 아이디어를 쥐어짜서라도 쏟아내길 강요했다. 아무 말이든 내뱉길 원했다. 하지만 정말 아무 말이나 쏟아내면 큰일 난다. 실상은 쓸모 있는 말만 뱉어내야 했다. 점심은 팀장과 팀원들이 항상 함께 먹었는데, 전날 겪었던 소소한 일상이나 들었던 생각 등 무엇이든 닥치는 대로 쏟아내야 했다. 쏟아내지 않으면 사회성에 문제가 있는 사람으로 낙인찍혔으니까.

나는 찍히기 싫어서 있는 말 없는 말 다 끄집어내서 억지로 말했다. 회의 때는 한마디라도 더 하기 위해 애썼다. 혹여나 팀장 마음에 들지 않는 말이라도 하면 신랄한 비판이 쏟아졌다. 이런 일이 반복되자 나는 점차 지치기 시작했다. 내가 원래 말이 많은 사람이라면 지치지 않고 계속 말을 쏟아냈겠지. 하지만 내가 누구던가. 천성적으로 내향인이 아니던가. 말이 많지도 않은데 억지로 말하려니 너무 힘들었다. 정신적으로 피곤했다. 심한 스트레스를 받았다.

내가 어떤 말을 하든 팀장이 잘 받아 주었으면 덜 지쳤을 것이다. 신나서 계속 말을 만들어 냈을 것이다. 하지만 팀장의 부정적인 반응에 빠르게 지쳤다. 나가떨어지고 말았다. 말수가 줄기 시작했다. 회의 때는 꼭 필요한 말만 하고, 점심때는 리액션만 했다. 팀장은 그런 나를 못마땅해했다. 결국 찍히고 말았다. 당시에 얼마나 스트레스를 받았던지 얼굴 피부가 다 망가졌다. 지금까지도 망가진 피부는 재생되지 않고 있다.

미국 캘리포니아주립대 연구진에 따르면, 내향인이 외향적인 흉내를 내기만 해도 행복감을 더 많이 느낀다는 연구 결과를 발표했다고 한다(출처 : https://m.post.naver.com/viewer/postView.nhn?volumeNo=26060278&memberNo=39007078).

연구진은 123명의 참가자에게 1주일 동안 외향적 행동을 유지하게 했고, 그다음 1주일 동안은 본연의 모습인 내향성을 유지하게 했다. 이 실험 결과 외향적인 척한 내향인은 실험 기간 동안 부작용이나 불편함을 느끼지 않았다고 한다. 오히려 내향적으로 돌아간 1주일 동안 행복도가 줄었다고 한다.

글쎄, 기사만으로는 연구진의 소속이 불명확하고, 123명 중 몇 %가 행복감을 느꼈는지 알 수 없으며, 연구 환경 또한 불명확해서 나는 연구 결과에 그리 신뢰가 가지 않는다. 특히 적어도 나는 외향인인 척했을 때 행복감이 높아지기는커녕 오히려 곤두박질쳤기에 연구 결과에 회의적이다. 물론 내가 처한 상황은 극단에 치우쳐 있었고, 나만의 경험을 일반화할 수 없다. 다른 내향인들도 나와 같은 생각을 할 거라고 단정할 수 없다. 내향인은 내향인다울 때 가장 행복하다고 생각하는 건 나뿐이거나 소수일 수도 있다.

그럼에도 나는 내향인은 내향인다워야 한다고 생각한다. 그게 가장 몸에 맞고, 자연스러우니까. 무엇보다 내향인이라고 해서 사람들이 생각하는 대로 전부 다 사교성이 부족하거나 말수가 적고 원하는 바를 표현하지 못하는 게 아니기 때문이다. 많은 내향인이 소심하고 민감하며 사교적이지 않지만, 모든 내향인이 그런 건 아니다. 과감하며 말을 잘하고 활달한 내향인도 있다. 혹은 평소에는 과묵하며 사람들과 잘 어울리지 못하는 내향인일지라도 상황과 필요에 따라 그 반대 모습을 드러내기도 한다. 그러니 굳이 몸에 맞지 않게 외향인인 척할 필요가 없다.

의지를 갖고 노력하면 어떤 부분은 외향적으로 변화시킬 수 있겠지만, 그러다 잘못하면 탈이 날 수도 있다. 최소한 나의 경우에는 탈이 났다. 달라지기 위해 애쓰고 애썼지만, 오히려 나는 뼛속까지 내향인이라는 사실만 새삼 깨달았다. 나의 내향적인 기질은 결코 바꿀수 없음을 여실히 느꼈고, 굳이 바꿀 필요가 없음을 깨우쳤다.

사람들은 '무의식적으로' 내향인을 부정적으로 바라본다. 사람들과 어울리지 못하고, 타인에게 무관심하며, 속마음을 잘 드러내지 않는다고 생각한다. 한마디로 2% 부족한 사람이라고 생각한다. 내향인 고유의 특질들을 있는 그대로 인정해 주기보다 잘못된 것, 잘못되었기에 고쳐야 할 것으로 생각하여 고치도록 강요하기도 한다. 외향적이길 요구하곤 한다. 사람들이 내향인의 특질을 있는 그대로 인정해 주면 좋으련만.

내향인은 어디가 모자라거나 이상한 사람이라는 생각을 버렸으면한다. 내향인의 특질은 사회생활을 하는 데 도움이 되지 않기 때문에 고쳐야 한다는 생각을 고쳤으면 한다. 나는 내향인이지만, 내 특질을 그대로 가지고도 지금까지 아무 문제 없이 사회생활을 잘했다. 전 직장에서 극단적인 외향인 팀장 때문에 곤란을 겪었지만, 살아오면서 내향인의 특질 때문에 곤란을 겪은 적은 그때가 처음이자 마지막이다. 지금 직장에서는 아무 문제 없이 잘 지내고 있다.

나는 내 모습 그대로 살았을 때 별문제 없이 잘 살았다. 도리어 외향적이려고 노력했을 때 문제가 생겼다. 몸에 맞지 않는 옷을 입은 듯 어색했고, 불편했다.

'내가 왜 이렇게까지 해야 하지?'

'나는 내향인인데, 내가 왜 억지로 변하려고 노력해야 하지?'

회의에 빠졌다. 외부 상황에 의해서가 아니라, 내부 동기로 변하기 위해 노력했으면 상황이 나았을까? 글쎄…. 어쨌든, 자고로 몸에 맞지 않는 옷이나 내게 어울리지 않는 옷은 입지 않는 게 좋은 법이다. 그런 옷을 입으면 불편하거나 보기에 안 좋으니까. 모름지기 사람은 자신에게 딱 맞고, 편한 옷을 입어야 한다.

keypoint

내향인은 내향인으로 살아가는 게 가장 편한 법이다. 생겨 먹은 게 내향인이니까. 내향인으로 태어나서 내향인으로 자랐는데 뭐 하려 굳이 외향인이 되려고 하는가. 맞지 않는 옷을 입으면 불편하다. 외향인이 되어 보려고 아무리 애를 써도 외향인이 될 수 없다. 그러니 굳이 외향인이 되려고 하지 말자. 외향인이 뭐라고 해도 내향인다울 때 가장 자연스럽다.

뼛속까지 내향인이지만 잘살고 있습니다

내향인 탐구 3

(MBTI) I형인 게 어때서요?

우리나라 사람들은 MBTI를 참 좋아한다. 무엇이든 계통화하고, 분류하고, 규격화하는 걸 좋아하는 한국인의 성격에 딱 들어맞아서가 아닐까 싶다. 주입식 교육에 익숙한 우리는 체계화하고, 틀을 만드는 걸 좋아한다. 요약을 정말 잘한다. MBTI는 그런 우리나라 사람들의 성향에 딱 들어맞는다. 보기 좋게 딱딱 분류되어 있으니까. 혈액형도 마찬가지고. 그래서 상대방과 조금 친해졌다 싶으면 혈액형이 뭔지 물어본다. 물어봐서 뭐 하려고. 그걸 안다고 상대방에 대해 알 수 있는 건 아닌데 말이다. 그걸 몰라도 상대를 파악하는 데 아무 문제가 없는데도 굳이 물어본다. MBTI 그게 도대체 뭐라고.

MBTI는 마이어스-브릭스 유형 지표(Myers-Briggs Type Indicator)라는 뜻이다. 1944년 캐서린 쿡 브릭스(Katharine C. Briggs)와 그녀

의 딸 이자벨 브릭스 마이어스(Isabel B. Myers)가 카를 융의 초기 분석심리학 모델을 바탕으로 개발한 자기보고형 성격 유형 검사로 알려져 있다. MBTI에 대한 비판이 있지만, 100년 가까이 생명력을 유지하는 걸 보면 사람들이 꽤 많이 신뢰한다는 걸 알 수 있다.

MBTI 유형은 ISTJ, ISTP, ISFJ, ISFP, INTJ, INTP, INFJ, INFP, ESTJ, ESTP, ESFJ, ESFP, ENTJ, ENTP, ENFJ, ENFP 이렇게 총 16가지다. 여기서 I는 내향형, E는 외향형, S는 감각형, N은 직관형, T는 사고형, F는 감정형, J는 판단형, P는 인식형을 가리킨다. 이 8가지 지표는 태도 지표인 내향형-외향형, 판단형-인식형과 기능 지표인 감각형-직관형, 사고형-감정형으로 나뉘어 16가지 성격 유형을 이룬다.

MBTI가 뭐든, 그게 어찌 되었든 재미있는 사실이 있다. 앞서 말했듯이 사람들은 서로 MBTI를 물어본다. 요즘에는 조금 덜한 듯하지만, 한동안 MBTI 붐이 일었을 때 사람들은 만나기만 하면 명함 내밀듯 "MBTI 어떤 형이야?"라고 물었다.

나는 ISFJ이다. 다른 사람이 내 성격 유형을 물었을 때 ISFJ라고 대답하면 반응이 늘 똑같다.

"아, 아이에스에프제이~"

"어쩐지~"라는 반응이다. 어떤 뜻인지 안다. ISFJ에서 맨 앞에 있는

'I' 때문이다. "어쩐지, 내성적인 것처럼 보인다 했다"라는 말이다. 나라는 사람이 '내향형'이기 때문에 어딘가 모자라거나 이상한 사람인 듯 바라본다. 'E'로 시작하는 사람들에게는 그런 반응을 보이지 않으면서 말이다. MBTI가 신뢰할 만하든 그렇지 않든, 얘기가 나온 김에 MBTI로 끝까지 말을 이어보겠다.

I가 내향형을 뜻하긴 하지만, I라고 해서 다 똑같은 게 아니다. 위에서 언급했듯이 I가 들어가는 유형은 ISTJ, ISTP, ISFJ, ISFP, INTJ, INTP, INFJ, INFP. 8가지나 된다. I가 들어갔다고 해서 다 똑같은 게 아니라는 말이다. 사람들은 '내향형' 하면 극도로 내성적인 성향만을 생각하는데, 내향인이라고 해서 다 똑같은 게 아니다. 다른 글에서 언급했듯이 외향형에 가까운 내향인도 있고, 누가 봐도 내향인다운 내향인도 있다. 그 중간 어디에 있는 내향인도 있고. 그런데도 사람들은 왜 'I' 하면 다 똑같이 생각하는지 모르겠다. 아니, 그보다 왜 내향인을 어딘가 모자란 사람 취급하는지 모르겠다.

I는 I일 뿐이다.

오늘날 전 세계적으로 가장 널리 쓰이는 성격 검사인 MBTI를 개발한 이사벨 마이어스는 1962년 『MBTI 안내서』를 출시하면서 내향적인 사람이 전체 인구의 약 1/3이라는 추정치를 실었다. 그런데 『은

근한 매력』의 저자 로리 헬고에 따르면 마이어스는 당시 11학년과 12학년 남학생 399명을 대상으로 내향성-외향성 조사를 하여 내향적인 남학생의 비율이 26.9%로 나타나자 편차 수정을 위해 결과치를 조정하고 '1/3'이라는 추정값을 도출했다고 한다. 즉 매우 한정된 표본에서 임의로 도출한 수치였던 것이다.

이후 1998년, 마이어스-브릭스 재단은 '내향성-외향성'에 대한 최초의 공식적인 무작위 표본 조사를 했다. 3,900명을 대상으로 조사한 결과, 표본의 50.7%가 내향적이라는 사실이 드러났다. 2001년에 1,378명을 대상으로 진행된 후속 연구에서는 내향적인 사람의 비율이 약 57%로 증가했다.

긍정심리학자 일레인 휴스턴이 언급한 American Trends Panel의 연구 결과는 더욱 놀랍다. 2014년 3,243명을 대상으로 실시한 5점 척도 조사에서 17%가 '외향적임' 또는 '매우 외향적임'에 체크한 반면, 77%는 내향성과 외향성의 중간 어딘가에 위치한다고 응답했다.

- 『월요일이 무섭지 않은 내향인의 기술』(안현진 저, 소울하우스, 2020)

이 세상이 'E'형 인간으로만 가득 찬 건 아니다. 그랬다면 세상이 지금보다는 더 시끄러웠을 것 같다. 서로 엄청 치고받았을 테니까. 원래 반대되는 성향보다 같은 성향이 더 많이 부딪히지 않나.

뼛속까지 내향인이지만 잘살고 있습니다

사람들은 'E'형을 지극히 평범한 인간으로 생각하듯이 'I'형도 지극히 평범한 인간이다. 인간이 가지고 있는 다양한 유형 중 하나일 뿐이다. 그러니 특별하게 대하지 말자. 유별난 사람으로 바라보지 말자. 그렇게 따지면 'E'형도 유별나니까.

내향인도
잘살고 있습니다

나는 내향인이다. 남들에게 말 못 할 사실을 고백하는 게 아니다. 그저 그렇다는 말이다. 내가 가진 내향성이 부끄럽거나 수치스럽지는 않다. 잘못된 게 아니니까. 인간이 가진 성향 중 하나이니까. 내 성향으로 인해 열등감을 느낀 적이 있다. 한때 외향인을 부러워했다. 사람들이 나를 이상한 사람처럼 바라봤으니까. 어딘가 부족한 사람처럼 대했으니까. 사람들은 다물고 있는 내 입을 어떻게든 열려고 했다. 내가 자기 밥그릇도 못 챙겨 먹는 사람이라고 느꼈는지, 이것저것 챙겨줬다. 그럴 필요가 전혀 없는데 말이다. 나를 신경 써주고, 챙겨주는 게 고맙긴 했지만, 그런 내 모습은 나 스스로 선택한 결과이지 외부 영향으로 어쩔 수 없이 그런 게 아니다. 그러니 나에 대해 그만 신경 썼으면 하는 생각이 들었다. 나는 사람들을 의식하지 않았지만, 사람들이 자꾸 나를 의식해서 내가 이상한 건가라고 생각하기도 했다.

사람들은 외향인을 이상한 사람이라고 생각하지 않는다. 활발하고, 적극적인 외향인의 모습을 사람의 표본으로 여긴다. 왜 그게 표본이 되는 걸까? 누가 그걸 규정했다고 말이다. 외향인의 모습을 사람의 디폴트값으로 생각하니 내향인은 자연스럽게 돌연변이 취급을 한다. 흥미롭지 않은가. 지구상에 반이나 차지하는 내향인을 돌연변이 취급하다니. 돌연변이치고는 너무 많지 않은가.

내가 그렇게 독특하고, 이상한 사람인가 싶어서 언젠가 나를 분석해 보았다. 외향인도 같이 뜯어보았다. 탈탈 털어보고 나서 나는 이상한 사람이 아니라는 결론을 내렸다. 사람들은 외향인을 정상인 취급을 하니 그렇다면 내향인도 당연히 정상이 아닌가라는 결론에 이르렀다. 이런 결론에 도달한 순간 내 모습을 있는 그대로 받아들였다. 외향인의 모습을 본받으려는 시도를 그만두었다.

내향인은 이상한 사람이 아니다. 내향성은 외향성처럼 인간 본연의 모습 중 하나일 뿐이다. 외향성만 사람의 디폴트값이 아니라 내향성도 같은 위치를 차지한다. 외향인의 시선으로 내향인을 바라보면 이상하게 보일 수도 있다. 자신들과 다른 모습이 낯설게 느껴지고, 어딘가 부족한 것처럼 느껴질 수도 있다. 외향인은 안 그럴 줄 아는가? 내향인 눈에도 외향인이 이상하게 보인다. 너무 나대고 정신 사납다. 피차일반이니 이제 그만 이상한 시선을 거두자. 내향인이 이상한 거면 외향인도 이상한 거니까.

내향인이여, 당신은 이상한 사람이 아니다. 자신감을 가져라. 주눅 들지 마라. 자신을 의심하지 마라. 남들이 뭐라든 신경 쓰지 말자. 우린 잘못된 게 아니니까. 문제 있는 사람이 아니니까. 잘못되거나 문제가 있는 사람은 정신이상, 소시오패스, 사이코패스 같은 부류다. 우리는 그런 사람이 아니잖은가. 그러니 자신을 이상하게 생각하지 말고, 평범한 사람으로서 살아가자.

감사의 말씀을 전하고 이 책을 닫으려 한다. 도서출판 푸른향기 한효정 대표님께 감사의 말씀을 올린다. 출간을 목적으로 브런치스토리에 「내성적이지만 잘살고 있습니다」라는 주제로 글을 올렸다. 대표님께서 출간 제안을 해주신 덕분에 무려 4년 만에 목적을 이루었다. 내향인 남편과 8년을 함께 살고 있는 외향인 아내에게도 고마움을 전한다. 나의 예민함 때문에 그동안 스트레스를 많이 받았을 텐데, 한 번도 싫은 소리 하지 않고, 이해해주고 인내해 줘서 얼마나 고마운지 모른다.

뼛속까지 내향인이지만
잘살고 있습니다 _____

초판1쇄 2023년 10월 27일 **지은이** 전두표 **펴낸이** 한효정 **편집교정** 김정민 **기획** 박자연, 강문희
디자인 purple **표지일러스트** freepik **마케팅** 안수경 **펴낸곳** 도서출판 푸른향기 **출판등록** 2004
년 9월 16일 제 320-2004-54호 **주소** 서울 영등포구 선유로 43가길 24 104-1002 (07210) **이메
일** prunbook@naver.com **전화번호** 02-2671-5663 **팩스** 02-2671-5662
홈페이지 prunbook.com | facebook.com/prunbook | instagram.com/prunbook

ISBN 978-89-6782-195-1 03810
ⓒ 전두표, 2023, Printed in Korea

*책값은 뒤표지에 있습니다.

이 도서의 국립중앙도서관 출판예정도서목록(CIP)은 서지정보유통지원시스템 홈페이지(http://seoji.
nl.go.kr)와 국가자료공동목록시스템(http://www.nl.go.kr/kolisnet)에서 이용하실 수 있습니다.